JN057929

魔力チートな魔女になりました
a Witch with Magical Cheat
創造魔法で気ままな異世界生活
8

# 目次

contents

# 0話【数百年来の友人からの手紙】

【創造の魔女の森】の屋敷で過ごしていた私とテトは、ふと近くの物陰で魔力の揺らぎを感じ、そちらに目を向ける。

「魔女様、何か来るのです」

「ああ、この感じは、精霊かしら？」

私がそう呟くと、影の中から狼の姿をした精霊が現れた。

狼の精霊は、口に手紙を咥《くわ》えており、その手紙を差し出すように首を伸ばしてくる。

「精霊にお使いを頼むってことは送り主は――やっぱり、エルフの国からね」

狼の精霊から手紙を受け取った私は、送り主の名前と封蝋の刻印を見てどこから送られてきたのか確かめる。

「お手紙を届けてくれて、ありがとうなのです！　魔石は食べるのですか？」

テトは、手紙を届けてくれた狼の精霊を労い、魔石を掌に載せて差し出す。

魔力を糧とする精霊は、魔石も好物であるためにパクッと咥えて、ゴクンと呑み込み満足そうに口元を舐めている。

そんな狼の精霊を撫でるテトの姿にほっこりしつつ、私はレターナイフで手紙の封を切る。

「魔女様？　お手紙には、なんて書いてあったのですか？」

いつの間にか狼の精霊を抱えているテトが手紙の内容を聞いてくる。

「なんでも、エルフの国で私の昔の忘れ物が見つかったみたい。返すついでに遊びに来ないかってお誘いね」

私が持っている手紙をテトにも見せて、エルフの国に誘われたことを伝えると、テトは目を輝かせている。

「テト、遊びに行きたいのです！　久しぶりにあの国のお菓子を食べたいのです！」

「そうね。私も大森林の工房とかを巡りたいわね」

エルフの国は、世界樹を擁する森林国家である。

その広大な森林からは良質な木材、キノコや山菜、果物、様々な薬草などの豊富な資源が採れ、多様な魔物や幻獣たちが住んでいる。

大森林のエルフたちは、森からの資源に支えられた豊かな生活を送り、そのゆとりと自らの長い寿命から、独自の文化や学問、芸術を築き上げてきた。

ここ数百年では、外部から入り込んでくる文化の影響を受け、新たな芸術などが生まれ、逆にそれらを世に送り出している。

また、精霊の加護が厚い土地でもあるために、多くのパワースポットを抱えている。

大昔は入ることすら困難だった神秘の森は現在では、パワースポット巡りや、文化や芸術目当てで大勢の人が観光に訪れる場所となっている。

「前世よりも魔法や神秘が身近にあるから、パワースポットも効果があるのよねぇ」

例えば、水精霊の加護が厚い泉の水を飲むと怪我の治りが早くなったり、闇精霊の加護が厚い森で森林浴をすると精神が安定する、などがある。

また、逆に神聖な土地であるパワースポットに住み着く高位の精霊たちに不敬な行いをすれば、祟《たた》られることもあるのだ。

そんなエルフの国に招待され、どのように楽しもうか、とテトと二人で期待に胸を膨らませるが、ふと、エルフの国で見つかった『私の昔の忘れ物』という言葉に首を傾げる。

手紙の送り主である友人とは、数百年来の付き合いである。

そのためエルフの国には、相当な回数で訪れている。

そうした付き合いの中で、わざわざ手紙を送ってくるほどの忘れ物とは何だっただろうか。

「忘れ物に心当たりはないけど、わざわざ知らせてくれたんだから、お礼を書かないと」

私は、レターセットを取り出し、サラサラと手紙への返事を書いていく。

忘れ物を見つけてくれたお礼と、エルフの国に訪問する日時を手紙に書いていく。

そして、書き終わった手紙の封筒を狼の精霊に差し出す。

「手紙の返事よ。あなたのご主人様に渡してくれる？」

『ワンッ！』

差し出された手紙を口に咥えた狼の精霊は、影に沈むようにして抱き付くテトの腕から抜け出して去って行く。

手紙を配達しに来た狼の精霊を見送った私は、数百年来の友人から送られてきた手紙を大事に仕舞い込み、ソファーから立ち上がる。

「さて、エルフの国に遊びに行く前に、事前に下調べしておかないと……」

「テトは、エルフの国のガイドブックを取ってくるのです！　今のうちに行きたいところを選んでおくのです」

私とテトは、エルフの国のガイドブックを借りるために、【創造の魔女の森】の図書館に出向く。

ガイドブックで遊びに行きたい場所に目星を付けながら、現地にいるエルフの友人からもガイドブックには載っていない場所を教えてもらおう、などと言いながら観光の話をしていく。

これは、私とテトが人も寄せ付けぬエルフの大森林で、数百年来の友と出会った話。

あるいは、娯楽が作り出した熱意に当てられた若者たちが引き起こした喜劇的な騒動とその顛末。

# 1話【家馬車の旅】

## SIDE：ベレッタ

【創造の魔女の森】の屋敷では、ベレッタたちが執務を行なっていた。

『ベレッタ様。こちらの資料のご確認をお願いします』

『わかりました。仕事も一段落しましたので、先に休憩を取って下さい。私は、この資料を確認してから休みます』

『では、ベレッタ様が資料を確認する間にお茶の準備を致します』

主不在の【創造の魔女の森】を円滑に回すためにベレッタは、魔女の代理人として働いている。

『ご主人様たちは、今どの辺りにいらっしゃるのでしょうね？』

執務室に備え付けられている魔導コンロを使ってお湯を沸かす事務員のメカノイドの言葉に、ベレッタは資料を読みながらも言葉を返す。

『先日の定期連絡でご主人様は、無事に最後の墓参りを終えたそうです。今は、別の国に入っている頃だと思います』

ベレッタの主である創造の魔女のチセとその守護者のテトは、旅に出ている。

自身をSランク冒険者に推薦してくれた人たちへの墓参りを行い、その足で今まで行ったことのない国に向かったのだ。

『確か、向かった先は南方にあるサンフィールド皇国でしたよね』

『そうですね。ガルド獣人国と隣接するご主人様が行ったことのない国は、南方にありますからね』

【創造の魔女の森】を中心に南東側にガルド獣人国、南西側にイスチェア王国、山脈を挟んだ東側には縦に長いローバイル王国が位置している。

そして、ガルド獣人国まで墓参りで足を運んだチセたちは、そのまま隣接する南方のサンフィールド皇国を目指しているのだ。

『ご主人様は、今頃何をやっている頃でしょうか』

資料の確認を終えたベレッタは、一度窓から空を見上げて、ポツリと呟く。

同じ空の下、敬愛する主とその守護者の二人組が、どのような旅をして、どこまで行くのか、次の定期連絡でその話を聞くのが楽しみである。

そして、お茶を淹《い》れてくれたメカノイドと共に、しばしの休憩に入るのだった。

# SIDE：魔女

【創造の魔女の森】を旅立った私とテトは今、穏やかな風が流れる空の下で、かまぼこ形の屋根の小屋に車輪を付けたような馬車に乗っていた。

パッカ、パッカと一定のリズムを刻む馬の蹄《ひづめ》の音が心地良く響いている。

だが、街道を擦れ違う人たちは皆、この馬車を振り返ってくる。

「……やっぱり、ちょっと奇抜だったかしら？」

テトと一緒に御者台に座り、日向ぼっこする私が擦れ違った人々の反応を見て呟く。

「テトは、魔女様が作ってくれた凄い馬車があって嬉しいのです！」

「ふふっ、ありがとう、テト」

御者台で馬の手綱を握るテトが、私たちの乗る馬車を凄いと手放しで褒《ほ》めてくれる。

テトが手放しで褒め、人々が振り返る馬車には、幾つものおかしな点がある。

まずは、馬車を引く馬が普通ではないのだ。

一見、艶やかな茶色い馬のようではあるが、よくよく目を凝らせば、その体は磨き抜かれた石でできているのだ。

名工が作り出した馬の石像に命が宿ったかのようなそれは――ゴーレム馬だった。

「ゴーレム馬は珍しいから幻影の魔導具を着けさせているけど、違和感には気付くんでしょうね」

魔力で動くゴーレム馬には、ケットシーのクロを子猫に偽装するために持たせたものと同じ魔導具を身に着けさせているが、勘のいい人は普通ではないと気付くのだろう。

「それに魔女様。みんなの目は、お馬さんの方だけじゃなくて馬車の方にも集まっているのです」

「ああ、馬車の方は、結構改造されているから分かるのね」

そう呟く通り、ゴーレム馬が牽《ひ》いているこの馬車の方が注目を集めているようだ。

まるで小屋に車輪を取り付けたような外観は――家馬車と呼ばれるものである。

そんな見るからに重そうな家馬車にも関《かか》わらず、車輪の音が静か過ぎるのだ。

普通の馬車が石畳の街道やあぜ道を通れば、ガラガラといった車輪の音や馬車が揺れるガタガタ音などが聞こえるのだ。

だが、この家馬車は、そうした揺れや音を極力抑えるように作られている。

「馬車の下に板バネ式のサスペンション。車軸には車輪の回転をスムーズにするためのベアリング。車輪はゴム製のタイヤ。更にゴーレム馬の負担軽減のために馬車全体に【重量軽減】と【衝撃吸収】の魔法も付与してあるからね」

前世の工業部品と異世界の付与魔法を融合させた馬車なのだ。

そのため、擦れ違う人々は皆、静かに進む家馬車を不思議そうに見ていたのだ。

「でも、一番凄いのは、馬車の内側なのです！」

「ゴーレム馬車や静音性の高い馬車なんて比較にならないほど、内側には力を入れたからねぇ」

「魔女様のカイテキには、代えられないのです！」

力強いテトの答えに苦笑いを浮かべつつ、家馬車の内側にも目を向ければ、外観とは合わない広々とした空間が広がっている。

家馬車の外観は、長さ5メートル、横幅2メートルほどの大きさである。

だが、家馬車の内側は、空間魔法によってワンルームマンションくらいの広さに拡張されている。

更にその空間には、ベッドや簡易キッチン、トイレ、ユニットバスなどを設置して、魔法による排水処理機構などを組み込むことで、快適な家馬車を作り上げたのだ。

「元々が、【空飛ぶ絨毯】の代わりの足だったけど、これはこれで便利なのよねぇ」

ポツリと思い出すのは、私たちが以前に使っていた移動手段の【空飛ぶ絨毯】だ。

知人たちの墓参りをしつつ、新たな場所を目指して【創造の魔女の森】を旅立った私とテトは、Sランク冒険者を隠してCランク冒険者として行動している。

正体を隠すためには、私たちの代名詞とも呼べる【空飛ぶ絨毯】は使えない。

そのため、最初は徒歩で旅をしていた。

【身体強化】して街道を走って進み、時に野営を、時に町で宿に泊まっていた。

だが、ふとした時に思ったのだ。

野営の準備とか面倒くさい……と。

それに元々、目的のある旅でもないのだ。

一日の移動距離が縮んだところで問題はなく、むしろ旅の快適さを上げるためにキャンピングカーのような物を作ろうと決めた。

最初は、自動車のような自走できる馬車に改装しようとしたが、悪目立ちするために思い留まった。

そのために、擬装用にゴーレム馬で馬車を牽引する方法を採用したのだ。

そこからは、先程述べたように前世の工業部品と付与魔法を融合した快適な家馬車を作り上げたのだ。

「移動距離は落ちたけど、徒歩移動ではできない作業ができるのは、こっちの利点なのよね」

この家馬車の内側は揺れないために、魔法薬の調合や手の込んだ料理、ゆったりと読書など、歩きながらの旅ではできない楽しみ方もできる。

家に居ながら旅をするような感じは、私の性に合っていたようだ。

そうして御者台に座りながら家馬車を作り上げた時について思い出していると、正面に関所である国境線の砦が見えてくる。

テトが徐々にゴーレム馬の速度を落とし、国境沿いの砦前の列に並ばせる。

「これでガルド獣人国とは、お別れね」

「寂しいけど、次の国も楽しみなのです！」

ギュントン公の墓参りを終えた後、そのままガルド獣人国を南下しながら、ここまでやってきた。

その道程を思い出しながら待っていると、私たちの番が回ってくる。

新米兵士と老兵の獣人たちは、ゴーレム馬に牽かれる馬車を間近で見て、驚いた目をしていた。

「こりゃたまげたなぁ。こんな馬車は初めて見た……」

獣人兵士たちが私たちの乗る馬車をしげしげと観察していたので、こちらから声を掛ける。

「確か、ギルドカードと【罪業判定の宝玉】よね。確認をお願いできるかしら？」

「あっ、はい。お嬢さん、こちらです！　爺さんは、馬車の確認を！」

「……わかった」

声を掛けられてハッと顔を上げる兵士たちに促されて私とテトは、馬車を降りる。

その時、老兵の獣人から驚いたような強い視線を感じたが、特に敵意のある感じはしなかった。

軽くこちらに会釈して馬車の確認に向かう老兵の獣人にこちらも会釈を返した私とテトは、【罪業判定の宝玉】に触れてギルドカードを提示する。

「へぇ、若いのにCランク冒険者とは立派だね」

私たちの提示したギルドカードを見て、若い獣人兵士さんが言葉を口にする。

今の私は、12歳の少女の体ではなく、変化の魔法によってテトと同じ外見年齢になっている。

そのため、子ども扱いされずに、スムーズにやり取りが行なわれる。

出国手続きを終えて、馬車の確認をされている間、私とテトは若い兵士さんと世間話に興じる。

「お嬢さんたちは、どちらの方から来たんですか？」

「イスチェア王国側から入国してガルド獣人国内での所用を済ませた後に、こちらに来ました」

「南の町々を立ち寄ってきたのです！」

これまで通ってきた経路をザックリと説明すると、私たちが冒険者だからか、理由は深く聞かずに若い獣人兵士さんは和やかに話してくれる。

「それじゃあ、グラガナって町に立ち寄りましたか？　あそこ、俺の故郷なんですよ」

「ええ、立ち寄ったわ。いい町になったわね」

「町がとても明るくなっているのです！」

グラガナという町は、50年近く前に土砂災害が起こったガルド獣人国南部の町だ。

町に多くの土石が流れ込み、田畑が押し流され、町の復興と支援のために私とテトが依頼で駆け付けたことがあった。

その当時から時は流れ、災害を乗り越えて町が復興されたのに感心したのは、つい先日のことだ。

「うん？　前にも来たことがあるんですか？　でも、お嬢さんたちが言うほど変わったところがあったかな？」

私たちの話しぶりに、兵士の青年は不思議そうに首を傾げる。

あんまり話すと隠している私たちの正体についてボロが出そうだが、ちょうど老兵の獣人が馬車の

確認を終えて戻ってきた。

「馬車の確認は終わりました。また、ガルド獣人国にお越し下さいね」

「ありがとう。兵士さんたちもお勤め、ご苦労様」

「ありがとうなのです！」

私とテトは、御者台に座って馬車を進ませ、振り返り二人組の獣人兵士たちに会釈する。

そうして私たちは、獣人兵士たちに見送られてガルド獣人国を出て、すぐ向こう側のサンフィールド皇国に入って行くのだった。


——そして、チセたちが通り過ぎた関所では、二人の獣人兵士たちが会話をしていた。

「なぁ、爺さん。そんなに頭を下げて、偉い人だったのか？」

長年、国境の門番を務めていた老兵の大先輩に新米兵士が声を掛ける。

彼は当初、特殊な馬車に乗った二人組の女性たちは、冒険者の身分を持った余所《よそ》の国の貴族令嬢とその護衛かと思っていた。

そして、声を掛けられた老兵がゆっくりと上体を起こし、既に見えなくなった二人組の女冒険者たちの方を見つめていた。

「お前さんもわしと同じグラガナの出身じゃろう」

逆にそう問い返してくる老兵に、新米兵士は戸惑いながらも頷く。

「ああ、そうだけど……」

怪訝《けげん》そうな顔をする若者に対して、老兵はポツリポツリと呟いていく。

「50年前、わしが子どもの頃にグラガナで起きた土砂災害に駆け付けて下さった冒険者があの方だったんじゃよ」

「はぁ？　爺さん、ついに呆《ぼ》けちまったか⁉」

完全に呆れた顔の新米兵士だが、老兵の方は愉快そうに笑っている。

グラガナの町を救ってくれた冒険者の話は、今でも昔話として語り継がれているのだ。

「魔法使い様は小さかった記憶があるが、相棒の剣士様の方は今とちっとも変わっておらなんだ」

老兵は新米兵士と、出国した女冒険者たちの話に耳を傾けていたが、どうやら50年前の街並みを知っている節があった。

「そんな馬鹿な……」

「お前さんの祖父母もあの土砂災害に巻き込まれたんだったか。もし、あの方々が居なければ、お前さんも生まれていなかったかもな」

老兵は、最後にそう言葉を残して門番の仕事に戻っていく。

未だに信じられない新米兵士だったが、一応はチセたちの去った方向にもう一度だけ一礼して、老兵の後を追うのだった。

# 2話【交易の町・リーフェ】

ガルド獣人国からサンフィールド皇国に入った私とテトは、色々な町に滞在しながら、旅を続けていた。

冒険者ギルドで塩漬け依頼を消化してお金を稼ぎつつ、町の本屋やギルドの資料室に立ち寄り、興味の惹《ひ》かれる本を購入していく。

そうして購入した本は、馬車の旅での暇潰しになっている。

「魔女様。その本、面白いのですか？」

「ええ、結構面白いわ」

一昔前、私が孤児院を救済するために五大神教会に授けた製紙技術は、ここ数十年の内に発展し、より多くの紙が出回るようになった。

紙の大量生産に合わせて、転写の魔導具による文字の印刷技術も向上した。

活版印刷ではない部分にファンタジーを感じるが、安価な本が大量に出回るようになったのは喜ばしいことだ。

そして現在、テトの隣で私が読んでいる『勇士伝説』という冒険小説。

これが流行《はや》っているそうだ。

本の内容を簡単に言えば、古今東西の様々な時代に存在した有名な冒険者たちをモチーフにした主人公たちが、パーティーを組んで冒険する話だ。

様々な種族の登場人物たちが、軽妙な掛け合いや下らない言い争いをしながらも困難に立ち向かう様は、面白かった。

高尚なものとして王侯貴族や知識層の人間が使うような詩的な表現が多用された文学ではなく、直接的な表現やわかりやすさを重視した、まさに大衆向けの作品だった。

とは言っても、まだまだこの世界の識字率は高くないために、文字が読める平民の富裕層向けに売られていた。

「こんな作品が出てくるようになったのねぇ」

本の厚さは薄くて、一冊の内容としては物足りなく感じるが、今後も同じような本が出てきて欲しいと願ってしまう。

「魔女様。そろそろ、次の町に辿り着くのです！」

テトに声を掛けられて、顔を上げると前方に町の外壁が見えてくる。

「あれが、交易の町・リーフェね」

「話に聞いた通り、人が沢山出入りしているのです！」

私たちが到着した町は、サンフィールド皇国の交易の中継地点であるリーフェという町だ。

サンフィールド皇国は、その国名の通り太陽と大地の恵みが豊かな国である。

国の各地では農業が盛んに行なわれ、収穫された農作物を迅速に運ぶために街道が整備されてきた。

そうした街道の中継点に様々な品物が集まり、運ばれていく場所としてリーフェの町は発展してきたそうだ。

そんな町に入る列に並び、手続きをして私たちは町中に入っていく。

「魔女様、これからどこに行くのですか？」

「冒険者ギルドで馬車を置ける場所を聞きましょう」

冒険者ギルドでは、ギルドで使う様々な物資や冒険者たちが集めた素材などを運ぶために、馬車が使われている。

また、お金のある高位冒険者たちの移動手段としても馬車が使われているために、ギルドには馬車置き場と厩舎が併設されているのだ。

「さて、ここが冒険者ギルドね。すみません！　馬車は、どこに置けば良いですか？」

「ああ、裏手に回る通路があるから、そこから奥に入って来てくれ！」

「ありがとうなのです！」

私とテトは、裏方のギルド職員の案内で、ギルド裏の馬車置き場に誘導される。

「お嬢さんたち、家馬車とは珍しい物を使ってるな」

ギルド職員は、面白そうに私たちの家馬車を見上げている。

冒険者ならば、倒した魔物を運ぶための荷馬車やパーティーメンバーを乗せて移動できる幌馬車の方が多いだろう。

家馬車は、居住性に特化している反面、人や荷物を運ぶ容量は大きくない。

「女の二人旅だからね。安心できる寝床が必要なのよ。それに荷物のほとんどは、マジックバッグに入れてあるの」

私が腰につけたマジックバッグのポーチを叩けば、納得してくれる。

「なるほどね。下手な宿より快適で安上がりだな」

納得した裏方のギルド職員はその後、馬車置き場の使い方を説明して元の場所に戻っていく。

馬車置き場や厩舎の使い方は場所によって多少の差はあるが、これまでの旅でも同じようなやり取りをしてきたので、すんなりと受け入れられる。

私とテトは、馬車置き場に停めた家馬車が勝手に移動しないように、車輪の前後に三角形の車止めを差し込み、タイヤロックを挟む。

更に、ゴーレム馬の馬具を外して厩舎の方に誘導して休ませてあげる。

「運んでくれてありがとう。――《チャージ》」

『ブルルルッ――』

私から魔力の補充を受けたゴーレム馬は、嬉しそうに私の手に顔を擦《こす》り付けてくる。

最初は無機質だったゴーレム馬が段々と生き物らしい反応を見せるので、ゴーレム馬も進化して別の存在に変わりつつあるのでは、と心配になる。

「馬車も置いたし、ギルドに挨拶しましょう」

「はいなのです！」

馬車を置いた私とテトが冒険者ギルドの正面から入り、受付カウンターに声を掛ける。

「こんにちは。今日、この町に到着しました」

「ギルドカードの確認、お願いするのです！」

私とテトが提示したギルドカードを見ると、受付嬢は感心したように呟く。

「チセさんとテトさんですね。Cランクとは……若いのに実力があるんですね。それで、どのようなご用件でしょうか？」

フランクな感じの受付嬢は、確認したギルドカードを私たちに返しつつ、用件を聞いてくる。

「到着の報告と馬車の駐車料金の支払いに来ましたが、幾らですか？」

「馬車の駐車料金は、一日大銅貨２枚になります」

「それじゃあ、一週間分でお願いします」

私が馬車の駐車料金の銀貨１枚と大銅貨４枚を支払うと、受付嬢はすぐに私たちに町で泊まる宿を勧めてくる。

「こちらの冊子には、町の宿屋とその料金表が載っています。ぜひ、宿選びに活用してください」

「ありがとう。でも、馬車で寝泊まりするつもりだから必要ないわ」

私が宿の勧めを断ると、受付嬢の表情が凍り付く。

食事込みの宿泊だと、私とテトの二人合わせて宿代が一日銀貨2枚前後。

借家だと食費は別だが、1ヶ月借りて家賃は銀貨10枚以上になる。

それを考えれば、駐車料金を支払って、家馬車で寝泊まりすれば安上がりになる。

そうした理由で宿の勧めを断ったら、私とテトを心配そうに見つめて説得してくる。

「お、女の子が馬車で寝泊まりなんてダメよ！　町では、ちゃんとしたベッドで休まないと！」

こちらを心配して声を荒らげる受付嬢に、周囲も何事だと視線が集まる。

私たちの家馬車は、空間魔法で拡張されており、扉には鍵も掛けられる。

下手な宿に泊まるより快適だとは言えない私は、どう説明するべきか毎回悩んでしまう。

そんな中、先程案内してくれた裏方のギルド職員が受付嬢を止めてくれる。

「おい、そこまでにしておけ。嬢ちゃんたちが困ってるだろ」

「あっ、先輩！　ですけど、女の子が馬車で寝泊まりって、危ないですよ！」

なおも言い募る受付嬢に裏方の職員は、溜息を吐きながら説得してくれる。

「心配なのは分かるが、嬢ちゃんたちの馬車を見てから言え。家馬車は、寝泊まりする分には問題ねえ」

「……家馬車？」

受付嬢は、思いがけない裏方のギルド職員の言葉に聞き返し、一度ギルドの裏手の馬車置き場に駆けていく。

そして、程なくして走って戻ってきた受付嬢は、頭をガバッと下げてくる。

「先程は、失礼なことを言ってすみませんでした」

「いえ、気にしてないわ。心配するのは当然だし」

「テトも気にしてないのです！」

謝る受付嬢が心配するのは当然だと伝えると、受付嬢は安心したように顔を上げる。

「それじゃあ、今日はもう馬車に引き上げて休むわ……っと、その前に、この近くで料理店や屋台はあるかしら？」

「できれば、美味しい料理を教えて欲しいのです！」

旅先の町に滞在する時は、自炊ではなくその町の美味しい料理を食べることにしている。

私とテトが受付嬢に尋ねると、クスリと小さく笑って教えてくれる。

「こちらの宿に併設された食堂とこちらの料理店は、美味しいと評判ですよ。それから冒険者ギルドを出て右の道を進んだところに屋台通りがあります」

町の地図を取り出した受付嬢から美味しいお店を何軒か教えてもらい、私とテトはギルドを後にする。

その日に食べたリーフェの料理は、とても美味しかった。

農業が盛んなサンフィールド皇国内の様々な地域から食材や調味料、そして料理のレシピが集まるために、この町の料理の水準は高かった。

それが決め手となった私とテトは、この町を拠点にすることにした。

# 3話【大森林の民芸品】

朝、カーテンの隙間から差し込む光に目を覚ました私は、ベッドから抜け出してテトを起こす。

「ううん……テト、朝よ」

「ふわぁ～、魔女様、おはようなのです～」

家馬車のベッドで目覚めた私とテトは、交替で顔を洗い、朝食の準備をする。

「朝食は、パンに、ハムと目玉焼き、それとサラダでいいかしら？」

「魔女様！　この前買ったチーズも食べたいのです！」

「それじゃあ、目玉焼きじゃなくて、チーズ入りのスクランブルエッグにしましょう」

テトと一緒に簡易キッチンに立ち、朝食を作っていく。

そうして朝食を終えて、身支度を整える。

普段の衣服を身に着け、その上からフード付きのローブを羽織り、変化の魔法を使う。

「――《メイクオーバー》。よし、それじゃあ出発しましょう」

家馬車から外に出て見上げれば、快晴の空が広がっていた。

「この町に来て、もう一年が経つのかぁ……」

ポツリと呟く私は、簡易に作られた厩舎から顔を覗かせるゴーレム馬の額を一撫でしてから、リーフェの町の冒険者ギルドに向かう。

リーフェの町を拠点に決めた私たちだが、いつまでも冒険者ギルドの馬車置き場で暮らすわけにもいかない。

そこで冒険者ギルドが持つ空き地を借りて、そこに家馬車を置いて過ごすようになった。

そして、リーフェの町で依頼を熟《こな》しながら、様々な地域の情報を集めた。

そうして集まった情報を元に、家馬車で遠征に出掛け、またリーフェの町に戻ってくるのを繰り返してきた。

ある時は、古い遺跡群を観光するために、魔物の住まう森の中を分け入り——

ある時は、国内有数の図書館の蔵書を読むために、古都にしばらく滞在し——

ある時は、リーフェの町に運び込まれた様々な模様の綺麗なトンボ玉が気に入り、それを作成している村まで出向いたりした。

また時折、【夢見の神託】で女神リリエルたちと会ったり、【転移門】を使って【創造の魔女の森】に一時帰宅したが、概ねそのような生活をしていた。

そうしてこの一年を振り返りながら歩いていると、冒険者ギルドに辿り着く。

「あっ！　チセさん、テトさん！　お帰りなさい！　いつ帰ってきたんですか？」

「ただいま。久しぶりね。帰ってきたのは、昨日よ」

「ただいまなのです！　お土産を持ってきたのです！」

私とテトは、親しくなった受付嬢に挨拶して、今回の遠征先で見つけたお土産を渡す。

今回の遠征は、テトの希望でサンフィールド皇国内のダンジョンに挑んできたのだ。

二ヶ月という期間を区切った探索だったが、最深部まで到達してダンジョン内の宝箱を幾つも見つけることができた。

一応、対外的にCランク冒険者で通しているために、ギルドに納品する素材はCランクまでにしている。

ダンジョン深部で手に入れた高ランクの素材は、【転移門】を通じて【創造の魔女の森】にいるベレッタたちに渡してある。

「確かダンジョンまで行ってきたんですよね。そこでご相談なんですが、ダンジョンの素材がありましたら、買い取らせて欲しいのですが……」

期待の籠もった目を向けてくる受付嬢に、私は苦笑を浮かべつつ答える。

「ちゃんと、こっちのギルドの分も確保してあるわよ」

「ありがとうございます！　今、ダンジョンから採れる素材のリストを持ってきますね！」

慌ててギルドの奥に走って行く後ろ姿を見送り、戻ってきた受付嬢が持ってきた素材のリストを見ながら買い取りカウンターでマジックバッグからCランクまでの素材を提出していく。

輸送費込みでも利益が出る値段なのか、ダンジョンのあった町の冒険者ギルドよりも、リーフェの町のギルドの方が少し高く買い取ってくれる。

「先輩！　素材の買い取り価格の計算、お願いします！」

「ああ、わかったぜ。嬢ちゃんたちは、手堅く利益を上げてくれて嬉しいぜ」

裏方のギルド職員は、嬉しそうにしながら素材を奥に運び込み、その金額が計算されるまで受付嬢と次の依頼の相談をする。

「それじゃあ、今ある依頼を見せてもらえるかしら？」

「ずっと残ったままの依頼は、テトたちが頑張るのです！」

「残念ですが、チセさんとテトさんが受けられる依頼はないですね」

そう言いながらも、カウンターの内側からCランクまでの依頼が載った冊子を取り出して見せてくれる。

だが、そこに載っている依頼には、恒常依頼や町中でできる雑務依頼がほとんどで、他に残っている依頼は護衛依頼のような拘束時間の長いものが多い。

「朝の依頼の張り出しを過ぎていますから、残りものとなると、こうなりますね」

「後は、受けるべきじゃない依頼がほとんどね」

朝の依頼の争奪戦の時間帯を避けてギルドに来たために、残りものとしてはこうなる。

Ｆランク以下の雑務依頼は、基本的に冒険者見習いが受けるために、余程長期に残り続けるような依頼でなければ私たちが受けるべきではない。

私とテトが受けられる依頼がなくて悩んでいると、笑顔の受付嬢が提案してくる。

「チセさんとテトさんは、そろそろＢランクへの昇格試験を受けませんか？　昇格試験の条件を満たしているので、Ｂランクに上がれば、受けられる依頼が増えますよ」

「うーん。お金には困ってないからねぇ」

Ｃランク冒険者に偽装しているが、本来はＳランクな私たちに昇格試験を勧められて苦笑を浮かべてしまう。

「勿体ないですよ！　きっとチセさんとテトさんたちなら、名だたる冒険者たちのようになれると思うんです！」

興奮気味に力説する受付嬢は、次々に過去の有名冒険者たちの二つ名を口にする。

その中には、私の二つ名である【創造の魔女】もあって、つい苦笑を浮かべてしまう。

「本当に、冒険者が好きなのね」

「とても、目がキラキラしていたのです！」

私とテトがそう言うと受付嬢は、自信満々に答える。

「冒険者が好きって言うより、冒険譚《たん》が好きなんです！　小さい頃に家族と一緒に外食する時、食事をしながら吟遊詩人の歌う冒険者の詩を聞くのが楽しみだったんです！」

そこから冒険者たちの冒険譚を間近で見聞きできる受付嬢になったんです！　と胸を張って答える受付嬢に、その熱意はすごいわねと素直に感心する。

「冒険譚と言えば、最近だと『勇士伝説』って本が面白かったわね」

「チセさんも読んだんですか!?　私も新刊が発売されてから、何度も読み返しちゃいました！」

冒険小説の『勇士伝説』は、現在3冊のシリーズが刊行され、受付嬢の愛読書でもあるようだ。

同士に巡り合えた嬉しさからか、本の推しトークを始めそうな受付嬢に、彼女の後ろに立つ他のギルド職員が咳払いをする。

「ゴホンッ、あまり長々と世間話はいけないよ」

「す、すみません……」

お小言を言われた受付嬢は、スッと視線を逸らし少し残念そうな表情を浮かべるが、すぐにいつもの表情に戻っていた。

「話が逸れちゃいましたけど、チセさんたちの昇格試験の申請は、いつでも受け付けていますからね」

「ありがとう。話は戻るけど、依頼がないなら今日はお休みにするわ」

「お金が用意できるまで待つのです！」

休みにすることを決めた私とテトは、ダンジョン素材の買い取りが終わるのを待つことにした。

しばらくギルド内でまったりしていると、受付嬢から声が掛かる。

「素材の買い取りが終わりましたよ」

「ありがとう。このお金で今日は買い物でもするわ」

「それじゃあ、遊びに行くのです！」

受付嬢から受け取った素材の代金をマジックバッグに仕舞い、町に繰り出す。

日々の食材を買い足し、露店で珍しい物がないか探し、屋台で買い食いしていると、一台の馬車が私たちの目の前を通り過ぎる。

「あの馬車は……」

「精霊さんが憑《つ》いているのです」

ごく普通の馬車であったが、精霊の気配を感じて目で追えば、一軒の商店に止まった馬車からエルフたちが降りてくる。

感じた精霊の気配とは、エルフの人たちと契約している精霊のことだろう。

「エルフの商店に止まったってことは、大森林からの商隊ね」

あの商店は、町に住むエルフの商人が営んでいる。

そのため、同胞である大森林のエルフたちと取引しているのだろう。

「魔女様。あのお店には、世界樹や幻獣たちの素材があるのですか？」

「うーん。多分、ないんじゃないかしら？」

私が【創造の魔女の森】に世界樹を植える前は、この大陸には世界樹が一本しか残されていないことを女神リリエルに教えてもらった。

そんな世界樹を守っているのが、サンフィールド皇国やガルド獣人国、ローバイル王国に囲まれるように接する、大陸南東部の大森林と呼ばれる樹海に住まうエルフたちなのだ。

そんな彼らが、【創造の魔女の森】と同じように自然に落ちた世界樹の枝葉や大森林に生息する幻獣の素材を外部に流通させているのは有名である。

とは言っても、エルフの大森林で有名な世界樹の枝葉や幻獣たちのような高価な素材は、町の一般商店には並ばない。

基本は、【創造の魔女の森】と同じように希少な素材は、どこかの貴族を経由して売り出されるのだ。

そのために、こうした一般商店に並ぶのは、エルフたちが大森林で集めた食材や様々な道具や民芸品などの一般人が買えるような物である。

「魔女様。あのお店、寄るのです？」

「折角だし、見に行きましょう」

私とテトは新しく入荷した商品に期待しながらお店に入ると、先程運び込まれた商品を店の棚に並べている最中だった。

「いらっしゃい。何をお探しで」

「新しい商品が入荷したみたいだから、見させてもらってもいいかしら？」

「テトは、美味しい物が欲しいのです！」

「商品を好きに見るのは構わないよ。そっちの嬢ちゃんは、食べ物だな。運ばれてきた商品に大森林のドライフルーツがあるんだ」

テトが食材コーナーに向かう一方、私も自由に商品を見させてもらい、気になる物を見つけた。

「これは……魔物や幻獣の置物？」

私には馴染みのある魔物や幻獣たちの木彫りの像である。

非常に精巧に彫刻された木像は、躍動感があり、一目で良い品だと思った。

「おっ、嬢ちゃん、よく分かるな。ソイツは、大森林の同胞たちが作った彫刻だよ」

まるで前世にあった北海道の木彫りの熊のようで、同じ種類の幻獣がテーマでも姿勢や雰囲気などが異なり、作り手の個性を感じる。

「こうした木彫りの動物彫刻って、愛好家が一定数いるわよね」

特に、魔物や幻獣がモチーフなので、希少性は高そうだ。

「ああ、魔物や幻獣の素材は買えないけど、置物として欲しいってやつもいる。特に、幻獣の置物は、子どもたちに人気なんだ」

「ああ、この国の昔話とかに幻獣が出てくるのよね」

サンフィールド皇国が建国されるより前から続く昔話があり、特にエルフの大森林に隣接している東部では、精霊や幻獣に纏《まつ》わる物語が多いのだ。

そうした理由から子どものおもちゃとしても幻獣の木像は、需要があるそうだ。

「嬢ちゃんも家の置物にどうだい？」

自分の手元に置いておくなら、大森林の集落を訪ねて直接選びたいわね」

「うーん。選ぶなら、大森林の集落を訪ねて直接選びたいわね」

そんな私の答えにエルフの店主は、困ったように笑っている。

「大森林の同胞は、閉鎖的って言われているからな。同じエルフでも町住まいや別の集落の出身者は滅多に招かれないって聞くくらいだ」

私も一度は行ってみたいねぇ、と言ってくるエルフの店主に私も苦笑を浮かべる。

「それじゃあ、この場で買うしかないわね」

私は、並べられた木彫りの彫刻を確かめ、気に入った彫刻を一つ購入する。

購入した彫刻は、リアルな幻獣の彫刻ではなく、童話にありがちなデフォルメされた感じの抽象的な彫刻である。

どことなく可愛らしい印象を抱いた彫刻ではあるが、作者が本気で打ち込んだのか彫刻自体が魔力を帯びているのだ。

この彫刻の裏には、作者の名前が彫られており、次に同じ作者の物を見かけた時は、また買おうと思った。

「魔女様！　沢山、美味しそうな物を買えたのです！」

「それじゃあ、帰りましょうか」

テトは、沢山のドライフルーツを買い込み、お店を出たところで私にも一個分けてくれた。

乾燥したことで甘さが濃縮されたドライフルーツを食べながら、もう一度エルフの商店を振り返る。

「——私も、いつかはエルフの大森林に行ってみたいわね」

古くから存在する大森林を観光したいと思いながら、テトと一緒に家馬車の置かれた空き地に帰る。


余談であるが、エルフによる木像彫刻は、長らく庶民向けの民芸品という位置付けであった。

だが、木製ゆえに様々な理由で消失され、数百年後にはエルフの木像彫刻の現存数は少なくなっていく。

そんな中でも人気の高い作者の木像彫刻には、高値が付くようになった。

私が購入した彫刻の作者は、数百年後の世界では有名なエルフの彫刻家となった。

その人物の作品には、高値が付くようになり、私の購入した彫刻も買った時の銀貨5枚の100倍以上の値段が付くようになった。

だが、当時そんなことは知る由もなく、私たちの旅の思い出の一つとなったのだった。

# 4話【幽霊屋敷の解体依頼】

エルフの店主には暗に大森林に入るのは諦めるように言われたが、大森林を観光するための伝手はないものか。

そんなことを考えていると――ある日、冒険者ギルドの受付嬢に呼び止められる。

「チセさん、テトさん。お二人に指名依頼が来ていますよ」

「『指名依頼（なのです）？』」

私は、首を傾げながら心当たりを探る。

指名依頼とは、過去の実績や評判で、依頼者が特定の冒険者に達成して欲しいと出す依頼のことだ。

指名依頼を出すためには、ギルドに対する仲介料や特定の冒険者に対する指名料などが掛かるが、それでも確実で丁寧な仕事を求める人が依頼を出す。

「私たち、Cランクだけど、本当に来てるの？　心当たりはないんだけど……」

「実は、以前に商業ギルドが一度は取り下げた依頼なんですが、チセさんとテトさんの話を聞いて、指名依頼をしてきたんです」

どうやら、私たちが冒険者ギルドに残る塩漬け依頼を達成したことが、お眼鏡《めがね》にかなった要因らしい。

「それで、どんな依頼なのですか？」

テトが受付嬢に尋ねると、依頼の内容を教えてくれる。

「依頼は、商業ギルドが所有する屋敷の解体なんです」

「屋敷の解体……ああ、前に町の倉庫の解体依頼をやったから頼んできたのね」

私は、以前に達成した塩漬け依頼を思い出した。

交易の町のリーフェには、町の一角に商品を置いておく倉庫街が建ち並んでいる。

その倉庫街の一部が老朽化し、町の拡張と共に移転を予定していた。

建設業者たちは、町の拡張や新しい倉庫の建設で人手を取られたために、老朽化した倉庫の解体は冒険者ギルドに任されていた。

だが、倉庫の解体依頼は非常に重労働なために力自慢の冒険者たちにも敬遠されて残っていた。

そんな依頼を達成したのが、私とテトだった。

周囲に粉塵が舞い散らないように結界魔法で倉庫を覆い、私が闇魔法の念動力で屋根から少しずつ崩し、テトも土魔法で壁を壊していった。

解体した倉庫から出た廃材は、マジックバッグに収納して指定された廃棄場所に運び依頼は完了となった。

その時の評判を聞いて、長らく放置された屋敷の解体を頼まれたのか、と納得する。

「それで、その屋敷はどこにあるの？」

「テト、綺麗にお掃除するのです！」

やる気を見せる私とテトに受付嬢は、ソッと目を逸らして言い辛そうに答える。

「それが……その……森の中、なんです」

「はい？」

「大昔に偏屈な魔術師が住んでいたらしく、町から離れた森の中に屋敷が建てられているんです。それでその魔術師が亡くなり、屋敷の所有権が色んな人の手に渡ったんですけど、全員が、幽霊が原因で屋敷を手放したそうなんです」

「『幽霊（なのです）？』」

私とテトが小首を傾げると、受付嬢は声を潜めるようにして語ってくれる。

「はい。そうやって所有権が巡りに巡って、現在の所有者の商業ギルドが屋敷の解体依頼を出してるんです」

所有者にトラブルが起こる幽霊屋敷など、悪評があるために早々に解体して更地にしたいのだろう。

事実、商業ギルドは、過去に屋敷の解体をしようとしたが……

「それが、そのお屋敷を解体しようと業者の方が訪れたそうなんですが、その時も色んなトラブルに見舞われて解体作業は中止。最終的には、呪われた幽霊屋敷のことが広まってしまって、誰も解体してくれる人が居なくて冒険者ギルドに頼んだ始末で……」

「それじゃあ……」

私がゴクリと唾を飲み込むと、受付嬢もコクリと頷く。

「教会の聖職者様に何度も除霊や浄化をお願いした後、冒険者ギルドに解体依頼を任せたそうですが、依頼を受けた冒険者も同じようなトラブルに見舞われて、結局依頼は取り下げられて、今の今まで放置されていたんです」

その話を聞いたテトは、受付嬢に疑問を投げ掛ける。

「それってどれくらい前のことなのですか？」

「依頼が取り下げられたのは、私が生まれるより前のことです。そもそもお屋敷自体が３００年以上前に建てられた物らしいんです」

「３００年⁉　……よく今まで手入れなしで残っているわね」

３００年以上前から存在する無人の屋敷など、人が手入れをしなければ自然に傷んで崩れ落ちそうだ。

「最初の所有者が魔術師だったので、屋敷に【状態保存】の魔法を掛けていたそうです」

「ああ、なるほど……」

それでも放置された屋敷が３００年も保たれ続けているのは、疑問である。

これは古い屋敷の解体だけでは、済みそうにない予感がする。

「わかった。引き受けるわ」

「魔女様とテトが居れば、幽霊なんて怖くないのです！」

「ありがとうございます。よろしくお願いしますね」

私は、浄化魔法の《ピュリフィケーション》が使えるために、本当に呪いが掛かっていたり、幽霊が居たりしても消し去ることができる。

また、それらとは別の存在でも、私とテトならば大抵のことに対抗することができるのだ。

その後、依頼の細かな話を詰めた結果――報酬は、大金貨３枚。

日本円にして約３００万円と、解体業としては安い。

理由は、正規の解体業者ではないこと。

また、商業ギルドは、今までに何度も除霊や浄化などの費用が掛かっているために、これ以上の費用は出せないらしい。

その代わり、屋敷の解体中に見つけた物は、私とテトの所有物にして良いこと。

そして、依頼が失敗した場合でも違約金が発生しないこと。

それにより、報酬の少なさを補填しているそうだ。

依頼主の商業ギルドも、たとえ屋敷に価値のある物が残されていても、長年呪われた幽霊屋敷にあった物を持ちたくないのだろう。

「それじゃあ、何日か出掛けてくるわね」

「お屋敷を綺麗にお片付けしてくるのです！」

話し合いを終えて受付嬢に見送られた私とテトは、一度家馬車まで戻り、馬車で呪われた幽霊屋敷に出発する。

リーフェの町から馬車で1時間の距離にある森の中に屋敷があるそうだ。

年に数回、商業ギルドの職員が屋敷の外観を確認するだけで、道らしい道はほとんど消えかけていた。

そんな荒れた道を私が《ウィンド・カッター》で草を払いながら進み、件《くだん》の幽霊屋敷に辿り着く。

「ここが依頼にあった幽霊屋敷ね」

「今から探検するの、ワクワクするのです！」

私とテトが馬車から降りて見上げれば、高い柵に囲われた二階建てのお屋敷が見える。

こぢんまりとした屋敷は、受付嬢の話の通り【状態保存】の魔法が掛かっているようだ。

長年積もった落葉や外壁に張り付く伸び放題の蔦《つた》、表面に付着した汚れによって屋敷自体は薄汚れて見える。

「さて、中に入りましょうか」

私は、依頼のためにギルドで預かった鍵束で門扉を開けて屋敷の庭に入っていく。

荒れ放題の屋敷の庭を魔法で整えて、そこにゴーレム馬と家馬車を置かせてもらう。

そうしていよいよ屋敷の中に入ろうとした時、テトが屋敷の窓辺をジッと見つめて足を止めている。

「テト、どうしたの？」

「うーん？　何かに見られているような気がするのです」

「幽霊が住み着いてるなら、入る前に浄化しておきましょう。——《ピュリフィケーション》！」

屋敷の敷地全体に掛かるように、浄化魔法を使う。

だが、瘴気《しょうき》や悪霊を浄化した時のような手応えはなく、首を傾げる。

「何かを浄化した感じはしなかったわね」

「なら、きっと悪い物は住み着いていないのです！」

テトはそう言うが、良い存在が長期に渡って人々を脅かすだろうか、と疑問にも思う。

「それに気になることもあるのよねぇ」

「魔女様。気になること、って何なのですか？」

「屋敷の所有者や解体に関わった人たちは、トラブルに見舞われたけど、それで亡くなった人が誰一人としていないのよ」

まるで、これ以上この屋敷にいることを警告するように——

もしくは、訪れる人たちを遠ざけようとしているように——

「とりあえず、幽霊の正体を確かめないといけないわね」

そう言って私とテトは幽霊屋敷の正面から入っていくのだった。

# 5話【幽霊の正体】

私とテトが幽霊屋敷に入っていくと、解体作業を行なった名残があった。

玄関には、解体業者が放置したスレッジハンマーやノコギリなんかが床に放置されている。

ただ、【状態保存】が掛かっているのは屋敷だけなので、中に置かれた道具類は時の流れで劣化している。

「家具や衣類は、使い物にならないから焼却処分ね。錆びた金属類は、鋳潰《いつぶ》して再利用かしら。――《ウィンド》」

私は、玄関周辺の物をマジックバッグで片付けながら、風魔法で室内の空気を入れ換える。

「魔女様。こっちのお部屋にお皿が散らかっているのです！」

テトが玄関から通じる一室を覗き込み、その部屋から一枚の金属製のお皿を持ってくる。

「それは、銀食器かしら？　意外と報酬の副産物は美味しいかもね」

トラブルに見舞われるために、３００年前の当時から屋敷の荷物はほとんど運び出せずにそのまま残されているのだろう。

よく、こんな人目のない場所を荒らされずに金目の物が残っている、と感心していると、私たちの周囲で魔力が広がるのを感じる。

「早速、手荒い歓迎ね！」

――ガタガタ、ガチャガチャ。

屋敷に放置されていた家具や燭台、食器類。他にも解体業者が残していった金鎚やノコギリなどが勝手に宙に浮いて動いている。

「おー、色んな物が飛んでるのです！」

「ポルターガイスト……幽霊屋敷としては、古典的な現象ね」

私たちの目の前では、ガチャガチャと色んな物が飛び交い、驚かせるようにぶつかり合って激しい音を立てている。

驚かせてくるが、危害は加えてこないことを知っている私とテトは動じない。

そんな私たちに、浮遊する物体から焦りや動揺のようなものを感じる。

『――カエレ。ココカラ、サレ！』

「今度は、声で帰るように促してきたわね。それでテトも気付いた？」

「はいなのです！　この場に、隠れているのです！」

物を操るために使っている魔力から私とテトは、相手が隠れている場所を見つけた。

「それじゃあ、捕まえて話を聞きましょう。――《サイコキネシス》！」

私は、周囲に魔力を放出し、相手より強い魔力で浮遊する物の制御権を奪い取る。

そして、邪魔になる物を左右に避けるように操ると、テトが、物が避けた先に隠れた存在に向かって真っ直ぐに駆け出す。

「捕まえたのです！　あっ――」

虚空の見えない何かをしっかりと捕まえたテトだが、相手は、テトの手からすり抜けるように逃げ出す。

「魔女様、逃げられちゃったのです！」

「大丈夫よ。魔力を追えば、行き先は分かるわ」

目元に魔力を集めた私は、逃げた存在が残した魔力の痕跡を追いかける。

『――カエレ、カエレ！』

こちらにおどろおどろしい声で帰るように伝えてくるが、その声には若干の怯えが入っている。

こちらを追い返すためか、更なる抵抗として廊下に置かれた、錆びた燭台が火を噴く。

まるで、こちらを威嚇するような大きな炎ではあるが、威力の弱い虚仮威《こけおど》しの炎は結界魔法によって阻まれて消える。

それより気になるのは――

「テト、気付いた？」

「新しい魔力の気配なのです！」

ポルターガイストを引き起こした魔力と、虚仮威しの炎で威嚇した魔力は、違っていた。

更に――

「魔女様、人影なのです！」

「今度は、水属性と光属性を合わせた幻影魔法ね」

通路の奥には、青白い肌に髪の長い女性らしき人影がこちらをジッと見つめているが、悪霊などのような瘴気《しょうき》を纏った気配は感じない。

私が軽く杖先を振るって魔法で風を起こすと、幻影を映し出すための水が払われ、人影が崩れて消えていく。

「複数の不可視の存在が、それぞれ単一属性の魔法を行使している。これは、確定かしら……」

私が屋敷の幽霊の正体にあたりを付けながら、魔力の痕跡を追っていくと、今度は更なる実力行使をしてきた。

『サレ、タチサレ、サルノダー』

ガシャン、ガシャンという音を鳴らしながら屋敷の奥からやってきたのは、全身鎧だった。

剣と盾を構えた全身鎧の兜の中身は空っぽで、見る人によればリビング・アーマーのようなアンデッド系の魔物だと勘違いするだろう。

「魔女様、テトと同じ力を感じるのです」

「じゃあ、今度は、土属性の魔力で操っているのね」

私とテトが分析している間に、こちらに駆けてきた全身鎧が剣を振り上げてくるが、それをテトが魔剣で受け止める。

「そーい、なのです！」

そして、テトが気の抜けた掛け声と共に放った前蹴りが鎧の腹部に当たり、大きく後ろに倒れる。

その際の衝撃で鎧のパーツがバラバラに散らばり、鎧の内側から土塊《つちくれ》が零れるのが見えた。

「内側の土で鎧を動かしていたのね」

火、水、土、光、闇——それにおそらく、屋敷内で聞こえて来た声は風魔法を使っていたのだろう。

そうした予想を立て、コツコツと靴音を響かせながら、不可視の存在を追い詰めていく。

そして、魔力の痕跡を追った先は、屋敷の一階の書斎らしき場所に通じていた。

その部屋に不可視の存在がいることを感じた私は、声を掛ける。

「そろそろ姿を見せてくれないかしら？」

私の声で姿を現したのは、羽の生えた妖精や小型の動物霊、司る属性の物で形を作った謎生物——精霊たちであった。

そんな様々な姿の精霊たちが、怯えるように身を寄せ合ってプルプル震えている。

『カエレ、カエレ、ココニクルナァ……』

怯えて涙声になりながらも、書斎の本棚前を守るように陣取る精霊たち。

今までは問題なく人を追い返せたのに、今回はズカズカと屋敷に入り込み、様々な妨害を退け、的確に自分たちの存在を追跡してくるのだ。

精霊たちからしたら、恐怖でしかなかったのかもしれない。

精霊たちを怖がらせる原因となった私は、どう対応すればいいか決めあぐねていると、テトが精霊たちに優しく声を掛ける。

「大丈夫なのです。魔女様は、傷つけたりしないのです。安心して欲しいのです」

怯える精霊たちは、テトから土精霊の残滓《ざんし》を感じ取ったのか、わっとテトの胸に飛び込んで、ワンワンと泣き始める。

「魔女様は、本当は優しいのです。だから、色々と教えて欲しいのです」

怖がられる原因の私が声を掛けるより、テトに任せた方がいいだろう。

だが、やはり泣かせてしまったのは申し訳なく感じる。

しばらくしてテトに慰められて落ち着いたのか、言葉が通じる妖精タイプの風精霊が代表して話してくれた。

『その、追い返そうとしてごめんなさい』

「私こそ、無駄に怖がらせてしまって、ごめんなさい」

私と妖精の子が互いに謝ると、精霊たちの緊張が解《ほぐ》れ、テトも満足そうに頷いている。

そうして、ある程度打ち解けたところで私は、改めて精霊たちに事情を尋ねる。

「ねぇ、どうしてあなたたちは、この屋敷に来る人たちを追い返していたの？」

「教えてくれれば、魔女様が解決するのです！」

『そ、それは……』

少し言葉を迷う妖精は、仲間の精霊たちと目を合わせ、互いに頷き合ってから説明してくれる。

『ここには、火の上級精霊様が封じられているの』

「火の上級精霊？」

「どういうことなのですか？」

私とテトがそれぞれ尋ねると、妖精は事情を説明してくれる。

今から３００年以上前、人間とエルフたちが争っていた。

両種族の争いの理由は分からないが、ある時、エルフの精霊術士と契約していた火の上級精霊が人間たちに攫《さら》われる事態が起こったそうだ。

そして、エルフの精霊術士から引き剥がされた火の上級精霊は、この屋敷の地下に封印され、精霊の力を悪用する研究が隠れて行なわれていた。

だが、人間とエルフとの争いが終わり、この屋敷も放棄されることになった。

屋敷に居た魔法使いたちも居なくなり、それを遠くから見ていた精霊たちが火の上級精霊を封印から解放しようとした。

だが、下級精霊では封印は解けず、封印された上級精霊を利用する人が来ないように追い返してきた。

　だけど——

『封じられていた上級精霊様が、人間への恨みや怒りから心が荒《すさ》んでしまって……今度は人間を近づけるのは危ないから……』

「最初は火の上級精霊を守るためだったのが、途中から荒ぶる精霊から人を遠ざけるようになったのね」

　私がそう言葉を口にすると精霊たちは、うんうんと全力で首を縦に振る。

　きっと、３００年以上前の争いとは、サンフィールド皇国が興る前の前王朝の時代だろう。

　その時代は、人間至上主義の思想の台頭により、獣人やエルフ、ドワーフ、竜人たちが虐げられ、それらの種族との争いがあった時代だ。

　その時代の争いの中で上級精霊が捕らえられて、その後、前王朝の崩壊と多種族共存のサンフィールド皇国の建国により、上級精霊の封印が忘れ去られて今に至るのだろう。

「それにしても、荒ぶる精霊って、厄介ね」

「魔女様、絵本にあった怖い精霊さんなのです！」

　このサンフィールド皇国——特にエルフの大森林と呼ばれる樹海と隣接する東部の地域では、精霊に纏《まつ》わる物語が多い。

　その中には、優しい精霊と怖い精霊の二種類の精霊が登場する物語が多く存在する。

例えば、精霊を大事にした人や村に恩恵が与えられ、精霊を蔑ろにした人や村には罰や災いが起こるといった具合のお話だ。

精霊が出てくる物語は沢山あるが、パターンが違うだけで、いずれも人に幸運や豊作、知識などを授けてくれる優しい精霊と、災害や不幸を引き起こす怖い精霊が登場する。

下位の精霊ならば、イタズラ程度で済むが上位の精霊ともなれば、災害クラスになる。

「だけど、実際に荒ぶる精霊を鎮める方法かぁ……どうやって鎮めればいいのかしら」

「話せば分かってくれないのですか？」

私が荒ぶる精霊を鎮める方法を考え、テトも説得が通じるか尋ねるが、精霊たちは首を横に振る。

『今は、怒りで我を忘れてる。だから、封印を解いたら、気が済むまで暴れるんです』

「上級精霊を消滅させるわけには……いかないわよね」

以前、封印した大悪魔を消滅させるために魔力変換装置を設置したことがある。

あれは、魔力生命体から抽出した魔力を大気に放出して分解するので、上級精霊も消滅させることができる。

だが、精霊たちは、泣きそうな顔をしながら首を激しく横に振っている。

「普通は鎮魂の儀式を何年、何十年も続けて少しずつ心を鎮めてもらうんだけど、この屋敷の解体依頼も請け負っているし……」

私は天井を見上げながら、荒ぶる精霊を鎮める方法を考えるが……

「今は思い付かないから、先に屋敷の中にある物を回収しましょう」

「そうだったのです！　お仕事も忘れちゃダメなのです！」

封印されている荒ぶる精霊をどうこうするより先に、解体依頼で得た正当な権利として、屋敷の中で利用できそうな物を探していく。

「隠し金庫にお金が残されているわね。有り難く使わせて貰いましょう」

「魔女様！　こっちの部屋に剣や鎧が飾ってあったのです！」

長年この屋敷に住み着いていた精霊たちに協力してもらった私とテトは、隅々まで探して使える物を片っ端からマジックバッグに収納していく。

そうして屋敷を巡り、最後に辿り着いたのは、精霊たちが守っていた書斎の隠し階段から通じている地下室だった。

# 6話【荒ぶる精霊の鎮め方】

「ここに上級精霊が封印されているのね」

私が呟くと、一緒に着いてきた精霊たちが力強く何度も頷いている。

真っ暗な地下室に光魔法で明かりを灯し、残されていた羊皮紙の紙束を手に取る。

「魔女様。それは何が書いてあるのですか？」

「多分、封印した精霊を悪用する研究ね。大体何をやろうとしたか分かったわ」

パラパラと古い羊皮紙の内容を読み解けば、最初の屋敷の持ち主の経歴と、何の研究をしていたのかがよく分かる。

「最初の屋敷の持ち主は、国に仕える宮廷魔術師だったみたいね。国の命令で上級精霊の力を攻撃魔導具に転用できないか研究していたみたい」

よく物語などで出てくる精霊によって祝福された武具――そうした物を捕らえた精霊から抽出した力で人工的に作れないか、の研究だ。

「これって、禁術研究よねぇ。研究資料を破棄するべきか、それとも証拠として残しておくべきか……」

精霊から無理矢理に力を搾取《さくしゅ》しようとすると、暴走して無差別に被害を振りまく可能性がある。

また、土地との結び付きが強い精霊を土地から引き離すと、その土地が荒れたりする。

だから、精霊を悪用する魔法の行使は、禁術に指定されている。

周囲への影響が大きすぎるのだ。

「とりあえず、何か問題が起きた時のために、この場の物は証拠として持っていきましょう」

屋敷の地下には、精霊を悪用した研究資料やそれに関連する希少な書籍などが残されていた。

それらをテトと共に回収し、ようやく本命の地下室の奥に目を向ける。

「こっちが精霊の封印ね」

地下室の一角には、上級精霊を封じた【封印の宝玉】らしき物が台座の上に置かれ、その周囲の壁や天井、床には魔法陣が描かれていた。

「私が【創造魔法】で作った【封印の宝玉】と同じね。でも、封印から抜け出そうとする上級精霊を抑え込むために、二重の封印を施したのね」

周囲を取り囲む魔法陣には、封印した精霊から魔力を吸い上げて封印を維持しているようだ。

他にも吸い上げた魔力は、屋敷の【状態保存】や精霊からの干渉防止などにも力を回されているようだ。

だから、この屋敷は３００年も保ち続け、精霊たちが自力で上級精霊を助け出すことができなかったのだろう。

そんな魔法陣の内側にある【封印の宝玉】を覗き込むテトは、不思議そうに小首を傾げている。

「この玉、魔女様が作った物より色がくすんでいるのです」

テトの言うとおり、赤黒い光の宿った封印の宝玉は、くすんでいる。

「３００年も経てば、封印自体も劣化していく。魔法陣の封印もあるけど、大本の【封印の宝玉】の方が限界かもしれないわね」

封印の根幹である宝玉も壊れる寸前ならば、安易にこの場所から動かすことはできない。

「やっぱり、この場所で火の上級精霊を鎮めるしかないか……」

「それで魔女様、どうするんですか？」

「どうするって、力を発散してもらうしかないんだろうけど……」

安全に荒ぶる精霊の力を発散させる方法を考える中、不意に宝玉から嫌な音が響く。

――ピキッ、パキッという何かが割れるような音が響き、くすんだ宝玉に目を向けると亀裂が入り始めていた。

宝玉の罅《ひび》の隙間からは、漏れ出す魔力が陽炎《かげろう》のように揺らいでいる。

「まさか、封印が破られようとしてる⁉」

「怒ってる感じがビシバシ伝わってくるのです！」

テトは、宝玉から溢れ出す上級精霊の魔力から怒りの感情を読み取ったようだ。

「とりあえず、退避よ！　――《テレポート》！」

テトと精霊たちを近くに集めた私は、転移魔法を使う。

私たちが屋敷の外に転移した直後、地下から屋敷を貫くように火柱が立ち上った。

立ち上った火柱は、徐々に屋敷を燃やして更に大きな炎へと変わっていく。

その異常事態に、屋敷の庭に置いていたゴーレム馬は緊急事態だと判断して、家馬車を牽《ひ》いてこの場から離れ始めていた。

『――ガァァァァァァァアッ！』

屋敷を燃やし尽くした上級精霊は、炎の中で咆哮を上げながら人の姿で顕現する。

炎の中に浮かぶ男性型の上級精霊は、頭部の逆立つ赤髪の中に竜人のような角を生やし、半裸にエキゾチックな金の装飾を身に纏って現れる。

「魔女様？　なんで突然、封印が解けたのですか？」

「私たちが近くに来たからかしら？」

封印が限界であるのと同時に、恨みを持つ人間が封印の近くに来たために上級精霊を刺激して自力で封印を破ったのかもしれない。

そうして封印を破って現れた火の上級精霊は、自らを長らく封印した人間である私たちを見つけて、憤怒の表情を浮かべて手を差し向けてくる。

『――ガァァァァァァァァアッ！』

吠える火の上級精霊が差し向けた手からは無数の炎弾が放たれる。

「危ないのです！　――《アース・ウォール》なのです！」

テトが地面に手を突き、正面に生まれた土壁が炎弾を受け止める。

炎弾が着弾と共に爆発するが、テトの土壁は揺るがない。

それを不快そうに睨む火の上級精霊は、全身から吹き出した炎を全方位に差し向ける。

屋敷の周囲に生える森の木々が次々と炎に呑まれて燃えていく。

樹木を燃料に勢いを増した炎を操る火の上級精霊は、再びテトの土壁に炎弾を放つ。

ズドンッ、という腹の底に響く爆発でテトの土壁に罅が入り、爆発の衝撃で舞い上げられた土がパラパラと降ってくる。

「土壁が壊れそうなのです！」

火の上級精霊は、更に広い範囲の木々も燃やして、より大きな炎を生み出そうとしていた。

このまま、ただ炎を防ぎ続けるだけでは押し負けてしまうだろう。

「火の上級精霊を周囲から隔離するわ！　――《マルチバリア》！」

私は、火の上級精霊を中心に燃える屋敷を含めた範囲にドーム状の結界を張り、炎と共に閉じ込める。

「私が上級精霊を抑えておくから、テトは火が燃え広がらないように消火して！」

「はいなのです！」

私は火の上級精霊を閉じ込めるのに専念し、テトに燃やされた木々の消火を任せる。

閉じ込められた火の上級精霊が、私の作った多重結界を壊そうと結界内で炎や爆発を引き起こして暴れているが、結界が一枚割れる度に、新たな結界を張り直す。

「魔女様、大丈夫なのですか？」

「今のところ大丈夫よ。結界で酸素を遮断しているから、思うように力を発揮できていないわ」

結界は、魔力と空気の移動を遮断している。

火の上級精霊は、空気中の酸素や可燃物を利用して少ない魔力で激しい熱や炎を生み出している。

遮断された結界内に残る酸素や可燃物を燃やし尽くせば、あとは自身の魔力から熱や炎を生み出さなければならない。

これで力を発散させて落ち着いてくれればいいと思うが、流石《さすが》にそう簡単には終わらないようだ。

「魔女様？　なんだか、暑くなってきたのです」

「まさか、結界の外に熱が漏れ始めてる⁉」

結界によって空気を遮断された状況でも、火の上級精霊が起こした炎の熱が少しずつ外に漏れ出し、周囲の温度を上げ始めていた。

このまま際限なく周囲の温度が上がり続ければ、周辺の木々が自然発火する可能性がある。

「被害を抑えるためにも、周囲の温度を下げないといけないわね。――《ヘビー・レイン》！」

私は、結界魔法を維持しながら魔杖【飛翠《ひすい》】に魔力を注ぎ、降雨の魔法を行使する。

水魔法と風魔法による複合魔法は、頭上に分厚い雲を生み出し、ザァァァッという激しい雨が降り始める。

局所的な大雨は、内部に熱源を抱えた結界に降り注ぎ、ジュッと短い音を立てて蒸発していく。

断続的に降り注ぐ雨によって徐々に周囲から熱が奪われ、噎《む》せ返るような蒸気が漂い始めた。

「これで温度上昇は抑えられたかしら？」

「魔女様。これで周りが燃える心配はなくなったのです！」

どうやら、結界魔法と降雨の魔法で火の上級精霊の暴走に対抗できたようだ。

とは言え、二つの強力な魔法を維持するには、非常に魔力を消費する。

自然と、維持していた変化の魔法も解けてしまい、12歳の姿に戻る中、テトが土魔法で小屋を作り、そこで激しい雨を凌ぎつつ、荒ぶる上級精霊が鎮まるのを待つのだった。

# 7話【精霊宿りのランタン】

荒ぶる火の上級精霊は、私の結界内で二時間ほど暴れ続けた。

その後は、実体化を解き、霊体の姿で片膝を立てて座り込んでいる。

『……我は、何をしていたのだ』

愕然としたように呟く火の上級精霊から感じる魔力が大分減った。

魔力を消耗したことで正気を取り戻したのだろう。

「それにしても、凄い力だったわね」

「ちょっと、怖かったのです」

慎重に結界魔法を解けば、結界内に残っていた熱気が頬を撫でる。

屋敷だった場所は完全に燃え落ち、家の土台の煉瓦が周囲に散乱し、草木は燃え尽きて剥き出しの地面が見える。

火の上級精霊に近い地面は、高温によって溶けて冷えて固まったのか、ガラス質になっていた。

「火の上級精霊への説得は、お願いできる？」

『……任せて』

私は、上級精霊の封印を守っていた精霊たちにお願いし、離れた場所から様子を窺《うかが》う。

近づく精霊たちに気付いた上級精霊が顔を上げると、彼らの間で言葉が交わされるようだ。

その内、話し合いが済んだのか座り込んでいた火の上級精霊は、険しい表情をこちらに向けてくる。

『……人間。そして、変わり種の精霊の娘よ。迷惑を掛けたな』

こちらを警戒しつつも、そのような言葉を掛けてくる火の上級精霊は、テトが精霊に由来する存在であることに気付いているようだ。

謝罪の言葉を口にするが、人間である私がいるために声色は硬い。

やはり、芽生えてしまった人間への負の感情は根深いか、と思いながら私たちも言葉を返す。

「まぁ、成り行きだけどね。それに無差別に炎を振りまかれると色んな人が困るから」

「火は、とっても危ないのです！」

火の上級精霊が勢いのまま暴れていたら、どれだけの被害が出ていただろうか。

周囲の森林が燃えるだけでは収まらない。

ここから1時間の距離にあるリーフェの町は煙害を受けるだろうし、森から飛んできた火の粉が町や周辺の畑に燃え移っていたかもしれない。

また、炎から逃げるために森に住まう魔物たちが人の集落を襲う可能性もあった。

私がそう考えていると、更に火の上級精霊は険しい表情で問い掛けてくる。

『何故、あのような方法で我を抑え込んだ？』

「うん？　結界に閉じ込めたこと？　それは、空気を遮断すれば火は鎮火するからよ」

私がそう答えると、火の上級精霊は首を横に振って否定する。

『そうではない。それほどまでの魔力がありながら、なぜに迂遠な方法を選んだ。結界で囲うのではなく我を地中深くに埋めるなり、最初から水攻めにすればよいだろう？』

そっちの方が、我を楽に無力化できた、と言う火の上級精霊に私は答える。

「今まで封印で縛り付けられていた相手を、力で無理矢理に押え付けるってのは、ちょっと違うと思ったのよ」

「モヤモヤしてる時は、体を動かすとスッキリするのです！」

私とテトの答えに、火の上級精霊の顔からは少し険しさが取れる。

『同じ人間にも善し悪しはある。前回は、悪人に絡まれてしまったのだな』

長い溜息を吐いた火の上級精霊は、自分に言い聞かせるように言葉を口にする。

そして、しばし沈黙の後に、口を開いた。

『――ファウザード』

「えっ？」

『我の名は、ファウザード。我が契約者が名付けた名だ』

私が聞き返すと、火の上級精霊は――ファウザードと名乗ってくれた。

なので、私とテトもファウザードに名乗り返す。

「私は、魔女のチセよ」

「魔女様の守護者のテトなのです！　よろしくなのです！」

『改めて、荒ぶる我を鎮めてくれたことを感謝する。そして、迷惑ついでに頼みがあるのだが良いだろうか』

そう言うファウザードは、非常に申し訳なさそうな顔をして頼み事をしてくる。

「なにかしら？」

『我は、人間との戦で契約者から引き離されて囚われていた。だから、契約者の下に戻りたいのだ』

「それは……無理じゃないかしら」

『何故だ？』

眉を寄せて聞き返してくるファウザードに、彼が封印されていた年月を教える。

「あなたを見守っていた精霊たちが言うには、３００年はあの場所に封印されていたわ。だから、普通のエルフなら、寿命で亡くなっているはずよ」

いくら長命種族のエルフとは言え、平均寿命は３００歳だ。

普通に考えて、既に亡くなっているだろう。

『……そうか。やつは既に亡くなっているのか』

一人寂しそうに肩を落として呟くファウザードにテトが話し掛ける。

「他に、知っている人は居ないのですか？」

『そうだな。我が契約者は、エルタール……人間たちがエルフの大森林と呼ぶ場所で暮らし、妻子が居た。その者たちなら契約者のその後を知っているかもしれぬ』

とは言っても、その子らも３００年という月日で亡くなっている可能性が高い。

「エルフの大森林ねぇ……それに居るとしても、子どもじゃなくて、孫や曾孫世代じゃないかしら」

「その人たちを捜すのを手伝うのです！」

私とテトは、どうやってファウザードと彼の契約者の血縁者を捜そうか、と考える。

そんな私たちにファウザードが問い返してくる。

『良いのか。今の我には、其方らの願いを叶える力はないぞ』

長年の封印と暴走によって消耗しているファウザードには、精霊の祝福などで恩を返す力はなかった。

「乗りかかった船だからね。途中で放り出す訳にはいかないでしょ？」

「そうなのです！　困っている人を助けるだけなのです！」

『ならば、もうしばらく世話になる』

さも当然のように言う私とテトに対して、ファウザードは、小さく頭を下げてくる。

私とテトは、それを笑顔で引き受けて、ファウザードの契約者の血縁者を捜すことを決めた。

だが、霊体とはいえ上級精霊をそのまま連れ歩くのは、目立ってしまう。

「契約者の血縁者を捜すのは良いとして、そのままの姿で移動すると目立つから、どんな感じがいいかしら？」

私のように霊視ができる魔法使いや勘のいい人にとっては、非常に驚かせてしまう。

そのため、精霊が宿ることで姿を隠せる道具を創ることにしたのだ。

「魔女様が準備している間に、テトの魔石でも食べて休むのです！」

『精霊の娘よ。感謝する』

ファウザードがテトから受け取った魔石から魔力を吸収して回復している間、私は火精霊を宿らせる道具の構想を練る。

火の精霊が宿る道具としてイメージしやすいのは、やはり魔法のランプだろう。

水差しのような形をしているが、あれは内部に油を注ぎ、細い口の所から蝋燭のような芯を差し込んで、油を吸わせて火を灯すのだ。

だが、同じ火を灯す道具としては、水差し型のランプよりも、キャンプなどでよく見られるランタンの方が外観の美しさと炎を維持する燃焼機構を兼ね備えている。

「あとは、消耗したファウザードが休めるように力の回復もイメージして。《クリエイション》――精霊宿りのランタン！」

マジックバッグから魔晶石を取り出し、そこから引き出した１００万の魔力を注ぎ込んで【創造魔法】によって創り出されたのは、火の上級精霊が休める依代のランタン。

それを手に取り、ファウザードに声を掛ける。

「できたけど、こんな感じでいいかしら？」

『何やら、特異なスキルを持っているようだな。それに、人が使う照明器具を基に作ったのか。どれ、入ってみるか』

人型の精霊であったファウザードの体が解けて、精霊宿りのランタンに入り込み、小さな炎が灯る。

「使えるのは火精霊限定だけど、空気中の魔力を取り込んで中に居る精霊が回復できるようにイメージして創ったわ」

『良いのではないか？　力を奪われ続けていた封印とは異なり、少しずつ癒えていくのを感じる』

「なら、成功ね。他にも、ランタン下部の窪みに魔石を嵌《は》めれば、そこからも魔力が得られるはずよ」

私がそう言って、ランタンの下部に魔石を嵌めると、ファウザードの炎が少しだけ明るくなる。

ランタンに灯った炎は、ファウザードの状態を現しているのかもしれない。

そんなことを考えていると、屋敷に通じる道から誰かが近づいてくる音が聞こえてきた。

「魔女様。誰かが来るのです！」

「子どもの姿を見られるのは不味《まず》いわね。――《メイクオーバー》！」

私は、変化の魔法を使い16歳の姿になって、近づいてくる人たちを待つ。

そして、程なくして魔法使いと冒険者の一団が私たちの前に現れる。

「おい、チセの嬢ちゃんたちか！　なんでこんな場所にいるんだ！」

リーフェの町から派遣された一団の中には、冒険者ギルドで知り合ったBランクパーティーの人たちもおり、私たちに声を掛けてくる。

「私たちは、依頼でここまでやって来たけど、あなたたちは？」

私がそう答えて、逆に尋ね返すと、顔見知りの冒険者たちは事情を説明してくれた。

「二時間ほど前、この近くで謎の火柱が上がったって報告されたんだ。それに町の魔法使いたちも異常な魔力を感じてな。その後に激しい音が何度か響いてきたから、調査をしに来たんだ」

どうやら、屋敷から上がったファウザードの炎を見て、リーフェの町まで報告が届いたようだ。

そうして、国に仕える魔法使いや兵士にギルドから依頼を受けた冒険者たちも同行して、この場所まで来たのだろう。

「事情は、わかったわ。私も冒険者ギルドに報告するけど、この場で結論を言うわ。――謎の火柱は、古い魔導具の暴発が原因よ」

私は、さも真実であるかのように、カバーストーリーを語る。

長年放置されていた屋敷の解体依頼を受けた私とテトは、屋敷の解体中に謎の地下室を発見した。

そこには、３００年以上前に作られたと思しき魔導具が保管されており、それが経年劣化によって暴発したことを告げる。

「それで、火柱が上がった後、私たちは炎が燃え広がらないように消火活動をしてこの場に留まっていたの」

「それは本当なのか？　とても信じられないんだが……」

私の証言だけでは納得できないのか、疑いの目を私たちに向けてくる。

だから、私は屋敷の地下で回収した物を取り出す。

「証拠としては、屋敷の地下室を見つけた時、魔導具の資料を回収することができたわ」

真実味を帯びさせるために、地下室の禁術の資料の中から攻撃魔導具に関する資料を調査に来た人たちに見せれば、驚きと共に納得してくれる。

本当は、そんな攻撃魔導具など存在しなかった。

実際にあったのは、精霊を悪用した武具の構想だけなのだ。

しかし完全な嘘ではないし、どうせ当時の人間など生きてはいない。

「前王朝の遺産……こんな物がこんな場所に隠されていたのか。それで、現物は回収できなかったのか？」

食い気味に聞いてくる国に仕える魔法使いに対して私は、首を横に振る。

「現物は回収できていないわ。暴発した後も断続的に爆発音が響いていたからきっと誘爆したんでしょうね」

真面目くさった顔で作り話を語り聞かせる私を見て、精霊宿りのランタンにいるファウザードが念話で語り掛けてくる。

『我が原因なのだが、そのような嘘を付いても良いのか？』

「しーっ、なのです。魔女様に任せておけば大丈夫なのです」

テトとファウザードがコソコソと話しているが、この場に集まった一団は納得してくれた。

「詳しい話は分かった。とりあえず、私たちは、現場や周辺を調査するが、君たちはどうする？」

「一緒に報告するために帰りは同行するから、それまで馬車で休ませてもらうわ」

「ああ、君たちのお陰で大規模な火災を未然に防ぐことができた。感謝する」

そう言ってお礼を言われた私とテトは、家馬車に引き籠もり、ふぅと長い溜息を吐き出す。

「今日は、疲れた。それに魔力がカツカツだから、もう休ませてもらうわ」

「魔女様、お疲れ様なのです」

テトに労われた私は、変化の魔法を解き、ファウザードの宿るランタンをテーブルに置く。

そのまま家馬車の寝室に入って、ベッドに倒れ込んだ。

『異様に広い馬車……この人間は、何者なのだ？』

「魔女様は、魔女様なのです」

ファウザードの疑問に、テトが答えになっていない答えを返すのが聞こえたが、気にせずにすぐに深い眠りに就くのだった。

# 8話【ここぞと言う時、Sランク】

私とテトが家馬車に引き籠もった後——

リーフェの町から派遣された一団は、屋敷のあった周辺を調査していた。

上級精霊のファウザードの炎に炙られたために、屋敷はほとんどが燃え落ちていたが、同行した魔法使いたちの協力で地下室の入口は発見できたようだ。

だが、荒ぶるファウザードにとって、もっとも忌むべき場所であったために執拗に炎で焼かれたのか、実験器具の残骸くらいしか発見できなかったらしい。

私の嘘の証言にあった攻撃魔導具の存在は確認できなかったが、破壊の度合いから、そこが騒動の中心地だと判断された。

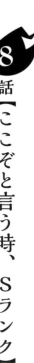

私も現場に待機し、調査する一団から何度も質問を受けて、ファウザードの存在を隠すための作り話を何度も繰り返し話した。

現場もファウザードの炎で燃やし尽くされた結果、事件原因に繋がる証拠は見つけられず、あるのはファウザードの封印が解かれる前に私たちが回収した資料だけとなる。

私たちの話にも矛盾はないと判断され、派遣された一団と一緒に町に戻った。

「チセさん、テトさん！　お帰りなさい！　すみません、私があんな依頼を勧めなければ！」

報告のために冒険者ギルドに戻ってくれば、受付嬢が私たちを出迎えてくれる。

現場から町までの距離はそこまで遠くないので、何度か冒険者たちを伝令として走らせて、状況を報告していたようだ。

「それと申し訳ないのですが、改めてチセさんとテトさんにはギルドマスターに直接説明をお願いします」

「わかったわ。こっちも話したいことがあったのよね」

「それじゃあ、行ってくるのです！」

昼間なのに、火の灯ったランタン。

それも冒険者ギルドを出る時には持っていなかった物を持ち込む私たちに受付嬢は首を傾げながら、ギルドの応接室に案内してくれる。

そして、受付嬢がお茶を用意して退室するのを見送り、ファウザードが念話で話し掛けてくる。

『本当に良いのか？　今まで嘘を突き通してきたのに、ここに来て真実を話すことを』

事前にファウザードと相談し、冒険者ギルドのギルドマスターには、事件の全貌を説明することを決めていた。

だが、ファウザードは、ここに来て改めてその必要性を問い掛けてくる。

「精霊を悪用した禁術の資料は、秘匿を続けるわ。でも、ギルドマスターにファウザードのことを説明すれば、エルフの大森林との仲介くらいは労《ろう》をとってくれる可能性があるわ」

『そう上手く行くのか？』

「大丈夫なのです！　魔女様は、ちゃんと調べているのです！」

なにもギルドマスターだから、幽霊屋敷の真実を語るわけではない。

この一年間、冒険者ギルドに通う中で、ギルドマスターの人柄や振る舞い、噂などは聞き集めている。

もし問題のある人間だったなら、リーフェの町を滞在場所に選んでいない。

「絶対に、上手く行くわよ。だって――」『お待たせしました。あなたたちがチセさんとテトさんですね』

応接室にノックして入って来たのは、薄緑色の髪を持つ男性だった。

肩に掛かる長さのサラサラの髪を持ち、線は細いが顔立ちも整っている部類に入る。

ギルドマスターと呼ばれる肩書きにしては外見も三十歳前後と若々しく、なにより耳の形がエルフよりは短いが尖っているのだ。

「こうして会うのは初めてですね。私は、リーフェのギルドマスターのフェアロスです。こう見えても元Aランク冒険者でした」

『……なるほど。ハーフエルフか』

自己紹介するハーフエルフのフェアロスさんを見たファウザードは、ランタンの中でそう念話を放つ。

だが、精霊の気配を隠すランタンがあるために、ファウザードが自らの姿を見せなければ、気付かれないようだ。

そして、私とテトは、自身のギルドカードをフェアロスさんに差し出す。

「まずは、防音結界を張らせてもらいます。そして、ギルドカードの隠し彫りの確認もお願いします」

「うん？　ギルドカードの隠し彫りって、まさか……!?」

私は、応接室に盗聴防止の結界を張り、フェアロスさんは私とテトから差し出されたギルドカードを見て、驚きの表情を浮かべる。

フェアロスさんの目は、ギルドカードに彫られた紋様に注がれ、その部分に魔力を籠めた指で擦《こす》る。

私とテトのCランクのギルドカードの色が徐々に金色に変わり、書かれている内容も正しい物に変わる。

「……Sランク、冒険者？」

「ごめんなさい。騙すような真似をして――《メイクオーバー》解除」

私は、目の前で変化の魔法を解き、本来の12歳の姿に戻る。

それを見たフェアロスさんは、驚きのあまり言葉を失っている。

フェアロスさんが落ち着くまで私たちが待っていると、片手で目元を覆いながら考える。

「その……突然の状況に理解が追いつきません」

「まぁ、それはそうよね……」

Cランクだと思っていた相手がSランクという遥か格上だし、いきなり16歳の女性が12歳の少女に縮み、実年齢は90を超えているのだ。

何から突っ込めばいいか分からなくなるはずだ。

その点には、申し訳なく思う。

「少し、質問を……」

そう言葉を絞り出したフェアロスさんは、深呼吸を何度か繰り返し、落ち着いたところで質問を投げ掛けてくる。

「えっと、Sランク冒険者パーティーの【空飛ぶ絨毯】というと、大陸北西部のスタンピードを鎮圧した？」

「一応、その名目でSランクに昇格したわね」

その際に、今は亡きアルサスさんやギュントン公、イスチェア王国のアルバード陛下たちの推薦を受けてSランクになった。

「【創造の魔女】様とその守護者……本物？」

「何をすれば、本物扱いになるのかしらね？」

私たちが本当にSランク冒険者なのか、と尋ねられるが、どうすれば信じてもらえるか悩む。

そんな私にテトが提案してくれる。

「魔女様。【空飛ぶ絨毯】を見せるのです！」

「ああ、なるほど。確かに、パーティーの代名詞にもなってる【空飛ぶ絨毯】を見せれば信じてもらえるかもね」

そう言って私は、応接室で空飛ぶ絨毯を広げて、それを宙に浮かべると彼は納得してくれた。

その後も、なぜCランク冒険者を偽っていたのか、とか何故に今になってそれを自分に教えるのか、など色々な質問に一つずつ答えていく。

そして、答えには納得できないが呑み込んでいくフェアロスさんは、若々しいハーフエルフなのに、一気に疲労で老けたような気がした。

「それで本来の目的は、依頼先で起きた、放置された魔導具の暴発に関する報告ですよね。ここでSランク冒険者の正体を明かすってことは、他者を交えて話したくないことがあるんですよね」

「ええ、その通りよ。ファウザード。出てきてくれる？」

ようやく本題に入れると、私がランタンの中にいるファウザードに呼び掛ける。

ランタンから現れた火の上級精霊を感じ取ったフェアロスさんは、体を震わせてそちらの方を見る。

「つ!?　この気配は、高位の精霊様!?」

『我は、火の上級精霊・ファウザードだ。訳あってそこの人間たちに助けられた身だ』

精霊を信仰するエルフにとって高位の精霊は、神や神の御使いにも等しい存在だ。

そんな存在が急に現れて、フェアロスさんが平伏し始める中、私は幽霊屋敷で起きた出来事の全てを説明する。

「……精霊を悪用した禁術。こんな身近にまだ残っていたのか」

ギリッと歯が軋《きし》むほど強く噛み締め、怒りに震えるフェアロスさんに、私は落ち着くように宥《なだ》める。

「それで本題なのが、ファウザードは、引き離された契約者のことを知りたいらしいのよ」

『我が封印されて300年。流石《さすが》に契約者は生きては居らぬだろうが、エルフの大森林にその血縁者がいるかもしれぬのでな。会いに行きたいのだ』

私がSランク冒険者の正体を明かした理由を告げ、ファウザードも自身の心の内を語ると、フェアロスさんが真剣な表情で聞いてくれる。

「ギルドマスターの立場として、エルフの大森林への連絡手段は持ち得ます。確認のためにお時間を頂くと思いますが、よろしいですか」

『構わぬ。どうせ、我ら精霊にとって人の時間など一瞬に等しいのだ』

「私たちも連絡が来るまで町で過ごさせてもらうわ」

フェアロスさんにエルフの大森林への連絡をお願いし、ギルドの応接室から退室する。

帰り際に、受付嬢から幽霊屋敷の解体依頼の報酬を受け取った。

ファウザードによる暴走で燃えてしまっただけで屋敷の解体には加わっていないが良いのだろうか、と少し考えた。

だが、危険な依頼を斡旋してしまった慰謝料でもあることに納得した私たちは、素直に報酬を受け取り、普段から家馬車を停めている空き地を目指すのだった。

# 9話【深きエルフの大森林】

SIDE：？？？

エルフの大森林の奥の奥――世界樹の根元にエルフたちの都市が築かれていた。

幾重にも広げる世界樹の枝葉で空は覆われているが、世界樹が発する魔力の光が都市全体を明るく照らしている。

また、精霊の恩恵を受けて清浄な水が湧き、心地の良い風が届けられる。

そんな大森林の都市の中に建てられた宮殿には、エルフの女性がいた。

傍に精霊たちを侍らせながら、その口から語られる話に耳を傾けている。

精霊の目から見た出来事は、人間よりも真実に近いことがある。

とは言っても、精霊から伝え聞く内容も万能ではない。

そのために、外界に点在するエルフの里から届けられる各地の出来事を纏めた報告書と、精霊から伝え聞く話を比較してこの大陸の出来事を見ているのだ。

そして、今日も精霊たちが届ける愉快な話に耳を傾けていると、部屋の扉がノックされた。

「失礼します！　サンフィールド皇国の冒険者ギルドより、重要な連絡が入りました！」

「……なんじゃ？　妾《わらわ》は今忙しい。長老たちには任せられぬのか？」

精霊たちとの愉快な時間を邪魔されたエルフの女性は、不機嫌そうにしている。

だが、場の雰囲気を感じ取った精霊たちが、スッと姿を消していく。

それを見たエルフの女性は、溜息を吐きながらも入室してきたダークエルフの女性と向き直る。

「それで、妾に伝えるべき話とはなんじゃ？」

「上級精霊のファウザード様が見つかったそうです」

「なんじゃと⁉」

つまらなさそうな顔をしていたエルフの女性は、予想だにしない報告に驚き、目を見開く。

その報告には、この場に集まる精霊たちも姿を隠しながらも、どよめくように魔力を揺らがせている。

「それでファウザードの状態は、どうなっておる⁉」

エルフの女性が問い詰めると、ダークエルフの女性が詳細を語り始める。

「どうやら、古い屋敷の地下に封印されていたのを発見されたようです」

「封印……不味《まず》いかもしれぬ。下手な祀り方をしておると大変なことになるぞ」

長年行方知れずだった上級精霊が見つかった。

封印されていた状況によっては、そのまま解放することもできる。

だが、人間との戦の中で攫《さら》われた経緯があるために期待できない。

精霊の力を搾取したり、礼儀を欠くような扱いをして精霊の怒りを買っていた場合、周囲に災いを引き起こす可能性がある。

もし、上級精霊の怒りを買っていたのならば、その怒りを鎮めるために大森林からエルフの精鋭たちを送らなければと考えていると、ダークエルフの女性からの報告には続きがあるようだ。

「実は……暴走したファウザード様が自力で封印を破壊し、発見した冒険者がファウザード様を鎮めてくれたそうです」

「上級精霊の怒りを鎮めたじゃと!?　それでも多少の被害は出たであろう！」

エルフの女性が驚愕の声を上げたところ、報告するダークエルフの女性は、一度資料を確認しながら疑問に答える。

「元々は解体予定だった古い屋敷が焼失しただけで、他に目立った被害はないそうです」

「恐ろしく被害が小さい。下級精霊と間違えてはおらぬか？」

上級精霊が暴れたのならば、町一つが滅んでもおかしくはない。

それが屋敷一軒だけの被害で留まったことに、疑問が浮かぶ。

「紛れもなく上級精霊だと、連絡を届けてくれたハーフエルフのギルドマスターからも確認が取れています。それと、ファウザード様の希望では、自身の契約者のその後を知るために血縁者を捜したいとのことです」

ファウザードが引き離された契約者のことを知りたいと思うのは当然だと頷く。

「妾もファウザードの契約者とその孫娘のことは知っておる。こちらが知り得ることをファウザードに伝え、孫娘と会えるように手筈を整えよ」

「畏《かしこ》まりました」

ファウザードが契約者の血縁者と会えるように手配を指示するエルフの女性だが、ふとした瞬間に上級精霊を助けた冒険者の正体が気になった。

「ところで、ファウザードを鎮めた冒険者とは何者なのだ？　ただの冒険者ではないじゃろう？」

「どうやら、【空飛ぶ絨毯】と名乗る冒険者だそうです」

「【空飛ぶ絨毯】。確か……」

エルフの女性は、立ち上がって壁に並ぶ過去の報告書から求める資料を探し始める。

「確か、この辺に……これは違う、こっちも違う」

過去の資料を流し読みしては、違う物を放り投げる中で、10年前と50年前の資料からその名前を見つけた。

「あった。大陸北西部のスタンピードとローバイル王国の政変の記述か」

10年前に大陸北西部で発生したスタンピードにより出現した強大な魔物。そして、その魔物を討伐した冒険者パーティーとして、Sランクになった者たち。

更に50年前にも、ローバイル王国で当時の国王が不老不死の人間を捕らえるために、兵士や宮廷魔術師を動かした事件。

その結果、王弟に王位から引き摺り下ろされた政変の時にも、狙われて姿を消した冒険者たちも【空飛ぶ絨毯】を名乗っていた。

そして、その冒険者の正体は、精霊たちを通じて知り得ている。

「……【創造の魔女】のチセ、か」

エルフの女性が精霊たちの噂話で知った存在だった。

――古代魔法文明の暴走で不毛の地となった【虚無の荒野】を再生した。

――その地を【創造の魔女の森】と名を改めて、その地の盟主となった。

――かの魔女は、膨大な魔力を持ち、不老である。

――物を生み出すスキル【創造魔法】を持つ。

――大勢の魔族を従わせている。

――古竜とも盟友関係にある。

――女神の使徒であり、異世界の知識を持っている、などと精霊たちから聞いている。

いずれは、接触を図りたいと注目している存在が、行方不明だった上級精霊を助けたのだ。

「いかがなさいますか？」

不老の魔女についてエルフの女性が思案していると、ダークエルフの女性が問い掛けてくる。

「……アルティアよ。お主が直接出向いてファウザードと共にその者たちを迎えよ。決して、無礼を働いてはならぬぞ」

「それほどの者たちなのですか？」

「不老の魔女。それも女神からの加護が厚き者だ。それにどのような者であろうと、荒ぶるファウザードを鎮めたのは事実。それを忘れてはならぬ」

エルフの女性が強い口調で念押しすると、アルティアと呼ばれたダークエルフの女性は、ゴクリと唾を飲む。

「……畏まりました。それでは、失礼します」

ダークエルフの女性が退室した後、エルフの女性はポツリと呟く。

「妾と有意義な話し合いができる者だと良いんじゃがのう」

エルフの女性は上機嫌な笑みを浮かべながら、不老の魔女たちがやってくるのを楽しみにしていた。

# 10話【大森林の案内人】

ギルドマスターのフェアロスさんにエルフの大森林への連絡を頼んで数日後、冒険者ギルドに手紙が届いた。

フェアロスさんから直接手紙を受け取り、家馬車に戻ってから手紙の封を切った。

そこには、ファウザードの無事を祝う言葉と共に、彼の契約者について詳しく書かれていた。

『……やはり、亡くなっておったか』

自身の契約者が既に居ない事実にファウザードは、沈んだ声を響かせる。

「でも、息子さん夫婦と孫娘さんが居るみたいよ」

「待っている人がいて良かったのです!」

ファウザードの契約者は、彼と引き離された戦を逃げ延びたらしい。

そして、自身の息子たちの成長と孫娘の誕生と成長を見届けて、天寿を全うしたそうだ。

大森林からの手紙には、ファウザードの契約者も家族に自身が契約していた上級精霊について語り聞かせていたようだ。

連絡が取れた孫娘からも、契約者である祖父の逸話と共に、ぜひ一度会いたいという手紙を個別で貰っている。

そして、手紙の最後には――

『後日、ファウザード様をお迎えするための案内人を派遣いたします。ファウザード様をお救い頂いた【創造の魔女の森】の盟主様方にも、ぜひ我らの大森林に遊びに来ていただきたくご案内申し上げます』――と書かれていた。

「おー、エルフの大森林に招待されたのです！　遊びに行けるのです！」

テトは無邪気に喜ぶが、私は書かれている手紙の内容に渋い表情を浮かべる。

「魔女様、どうしたのですか？　嬉しくないのですか？」

「確かにエルフの大森林に招待されたのは嬉しいけど、この手紙の書き方だと、私たちのことが知られているっぽいからね」

私たちは、ギルドマスターのフェアロスさんにSランクパーティーの【空飛ぶ絨毯】だと明かした。

だが、招待の手紙には、【創造の魔女の森】の盟主と書かれている。

これは、冒険者としての私ではなく、【創造の魔女の森】の盟主としての私に用があるのだろう。

「エルフのお偉いさんとやり取りをすることになるのかしら」

うーん、と唸り声を上げるが、すぐに考えを切り替えることにした。

こうしてエルフの大森林を訪れる機会が巡ってきたのは、とても運がいいことだ。

「前向きに考えて、折角の機会に色々と教えてもらいましょう」

エルフの大森林は、森への侵入者から世界樹や森に住む幻獣たちを守ってきた。

【創造の魔女の森】と似通った土地であるために、学ぶべき点も多いだろう。

それに政治的な調整は、ベレッタと相談しながら決めればいい、と開き直る。

通信魔導具でベレッタと話し合いをしたり、町中の雑務依頼を受けながら日々を過ごした。

そうしてエルフの大森林からの手紙が届いて２週間が経ち、ようやく大森林から案内人がやってきた。

案内人が待つという日時と面会場所の連絡を受けた私たちは、フェアロスさんに指定されたお店に向かった。

「ここ、みたいね」

「お店って感じじゃないのです」

古い宿屋を改装したのか、看板は掛かっていないが部屋数の多そうな建物である。

どうやら、出稼ぎに来たエルフたちの安全な滞在場所として作られたらしく、エルフしか居ないらしい。

「ここで案内人が待っているのよね」

「大森林、今からワクワクするのです！」

『さぁ、早く入ろうではないか』

私が建物を見上げて、テトも大森林への期待に落ち着かない様子でいると、ランタンの中のファウザードが建物の中に入ることを促してくる。

建物の中に入ると、良質な木材の香りが出迎えてくれた。

そんな建物の入口には、銀髪にアイスブルーの瞳、褐色の肌をもつ男装の麗人が待っていた。

その容姿の特徴からダークエルフと思しき女性は、こちらに気付き、安心させるような笑みを浮かべている。

「ファウザード様、お迎えに上がりました」

ダークエルフの女性の出迎えに、ファウザードもランタンの中から念話を響かせる。

『出迎えに感謝する。我は今、力を消耗してこのランタンに宿って身を休めている。このような姿での応対を許せ』

「はい。それでは、ファウザード様の御身をお預かりします」

そう言って私からファウザードの宿ったランタンを受け取ったダークエルフの女性は、こちらに顔を向けた。

「ようこそ、【創造の魔女】様とその守護者様。私は、アルティアと申します。大森林にあるエルフの国で女王陛下の補佐官をしている者です。我々のエルタール森林国は、あなた様たちを歓迎します」

「魔女のチセよ。よろしく」

「テトなのです！　よろしくなのです！」

とても好意的な笑みを浮かべたアルティアさんが、こちらに自己紹介をしてくれた。

それに対して私とテトも軽い自己紹介を返す。

「少々準備が必要なので、こちらの応接室にどうぞ」

そう言って、アルティアさんが応接室に案内する一方、建物の中にいる他のエルフたちは、少し慌ただしく動いている。

そんなエルフたちを横目に応接室に入った私たちがソファーに座ると、アルティアさんが口を開く。

「どうぞ。そのような偽りの姿を取らずに、本来の姿に戻っても構いません」

「やっぱり、知られているのね。――《メイクオーバー》解除」

私は、外向き用の変化の魔法を解いて、12歳の姿に戻る。

本来の私の姿が思った以上に幼いことにアルティアさんも驚いているようだが、私は気にせずに聞きたいことを尋ねる。

「アルティアさんは……いえ、エルタール森林国は、私たちのことをどの程度知っているんですか？」

そう尋ねると、驚いていたアルティアさんは落ち着きを取り戻して、微笑みを浮かべたまま淡々と説明を始めた。

「いくつかの筋からの情報ですね。我々エルフの中には、情報収集に長《た》けた精霊魔法を扱う者たちがいるのです」

そう語る彼女の足下の影から、黒いトカゲのような精霊が一通の手紙を咥《くわ》えて現れた。

『ほぅ、闇精霊の力を借りておるのか』

影を触媒に空間を渡り歩く闇精霊の力を借りているようで、ファウザードが感嘆の声を漏らしている。

「《影転移》ってところかしら。便利ね」

「トカゲさん、可愛いのです〜」

私も闇魔法で影を操れるがそれよりも高度な闇魔法に感心し、現れた手乗りサイズの闇精霊のトカゲにテトが手を出すと、掌の上に乗ってくる愛嬌の良さまである。

ちなみに余談であるが、エルフとダークエルフは、起源とする精霊の属性が異なるだけで本質的に大きな違いはないらしい。

エルフが光や水、風の精霊を起源とするなら、ダークエルフが闇や火、土の精霊を起源としている。

だからと言って、エルフ全員が、起源となった精霊の属性を得意とすると言うわけではない。

闇魔法が得意なエルフや光魔法が得意なダークエルフなどもいて個人差があるらしい。

あくまで、起源となった精霊の属性に高い適性を示す傾向があるというだけなのだ。

「私たちは、影を渡る精霊たちを介して、瞬時に手紙や文章のやり取りができるんです」

「そうやって各地の情報を短期間で収集しているから、私たちのことも知っているのね」

「ええ、そうです。私たちは、各地のエルフの集落から届けられた情報を集め伝え、分析し、対象の正体を見極めるのです。なので、お二方の活躍や噂話などから正体を知りました。ですが、もう一つは我らの女王陛下が精霊たちから直接聞き及んでいるのです」

「なるほどね。どうりで色々と知られているわけね」

様々な場所に存在する精霊の力を借りて、情報を集めているのだろう。

それをズルいとか、卑怯などとは言わない。

私だって、【夢見の神託】で知りたいことを女神のリリエルたちから雑談交じりに教えてもらったりするのだ。

だが、精霊を通じて情報を集めることは万能ではないらしく、ファウザードが説明に補足を加える。

『精霊から話を聞くとは、精霊から知識を授かるに等しい。それを行なうには相応の対価が求められる。常人では不可能なのだ』

「それは、どういうことかしら？」

『情報には価値の大小があり、秘される情報ほど対価は大きい。余人では、精霊に対価の魔力を支払いきれぬが、エルフの女王だけは、それができるということだ』

それはつまり、エルフの女王は私と同じ膨大な魔力の持ち主、ということだろうか。

そんなことを考える私がチラリとアルティアさんを見れば、ニッコリと微笑んで一言。

「もちろん、チセ様が女神様の使徒で、テト様が精霊に由来する魔族であることも承知しております」

流石《さすが》にそこまで知られていることに、恥ずかしさから少し顔を俯かせる。

私の隣では闇精霊のトカゲを掌に載せたテトが、魔女様は凄いのです、と言いながら良い笑みを浮かべている。

「女王陛下は、【創造の魔女】様に大変興味を抱き、前々からエルタール森林国に招きたいと考えていたそうです。そして、ファウザード様の帰還と共に私自らがお二方を案内するように仰せつかりました」

やはり、エルフの国の偉い人と会うのは予想通りのようだ。

ただ一つ気になる点がある。

「エルフの女王様って、どういう人なんですか？」

私の問い掛けにアルティアさんは、自信を持って答える。

「我らの女王陛下は、ハイエルフなんです」

「……ハイエルフ」

ハイエルフとは、エルフの中でも上位種とされるエルフのことだ。

それを聞いた私は、ハイエルフの女王が私と同じ不老者であると理解する。

だが、アルティアさんは、続く言葉を少し遠い目をしながら語っている。

「とても偉大なお方ですよ。魔力も多く、多くの精霊たちを従えて、エルフの住民たちからの人望も厚いです。まぁ、ちょっと、自由奔放と言いますか、好奇心が強いと言いますか……」

そう語るアルティアさんの表情から、苦労している様子が滲んでいる。

しかし、そんなアルティアさんが信頼するハイエルフの女王は、悪い人ではないように思った。

「それじゃあ、改めて、エルタール森林国への案内をよろしくお願いします」

「お願いするのです！」

そうして、程なくして建物の中を忙しなく動いていたエルフたちの準備が終わったことを知らせてくれる。

建物の地下に案内された私たちが見たのは、見覚えのある魔法陣であった。

「魔女様。テト、これ知っているのです！」

「これは……ダンジョンの転移魔法陣？」

ダンジョンの一定階層を行き来するために設置されている魔法陣と似ている。

「はい。これに乗ってエルフの大森林に移動を行ないます。準備はよろしいでしょうか？」

その言葉を聞いて、私は深く頷く。

エルフの大森林に向かえば、リーフェの町まですぐには戻って来られないと思っていたので、ゴーレム馬も家馬車もマジックバッグに収納して、借りていた土地も事前に冒険者ギルドに返していた。

なので、特に気負うこともなく、私たちは転移魔法陣の上に移動する。

そんな私たちを確認し、アルティアさんが周囲のエルフたちに指示を出した。

「それでは、お願いします」

「「――はい！」」

転移魔法陣を囲むエルフたちが魔力を注ぎ、魔法陣が発する光が強くなる。

そして、魔法陣の光が一際強くなった瞬間、私たちは軽い浮遊感を感じるのだった。

# 11話【エルフの大森林へ】

転移魔法陣による転移が終わり、気がつけば、先程とは異なる一室に居た。

石作りの部屋の窓の外には、深い森が広がっていた。

「ここは……」

「おおっ、森の中なのです！」

『おそらく、大森林の入口にある砦だな。我も契約者と共に、この場所で襲い来る人間たちを迎え撃っていたものだ』

アルティアさんが抱えるランタンのファウザードがそう答える。

そして、気付くと足下に描かれていた転移魔法陣も掠《かす》れて、消えかけている。

「この転移魔法陣は、使い捨てだったのね」

魔法陣には、魔力を通すことでそこに刻まれた魔法が発動する。

ただ、魔法陣を作るには、使いたい魔法に応じた素材を使わなければならない。

転移魔法陣を描くには高価な素材が必要であり、その魔法陣を発動させるためにもかなりの魔力が要求される。

「魔力が多いエルフだから、数人で転移魔法陣を起動できたのね。普通の国だったら、魔石で代用するのかしら」

転移魔法陣の起動に掛かる労力を考えれば、相当にＶＩＰ待遇だ。

「エルフの国の中にも、転移の魔法陣があるのですか？」

消えかかった魔法陣を見下ろしながらテトが尋ねてくるので、アルティアさんは困ったような顔をしながら答えてくれる。

「流石《さすが》に、複数回の使用に耐えられる転移魔法陣を各集落に設置するのは、難しいのでありませんよ」

そう答えてくれたアルティアさんは、ファウザードのランタンを大事そうに抱えたまま私たちを先導してくれる。

そうして砦にいるエルフの兵士と共に、何頭か馬の幻獣の手綱を持って引き連れてくる。

「この子は、初めて見る幻獣……私たちの森にも居ない種類の子ね」

「おっきいのです！　それに格好いいのです」

「この子は、八本足の馬の幻獣——スレイプニルです」

アルティアさんがスレイプニルを紹介すれば、私の膨大な魔力に惹かれるスレイプニルたちは、甘えるように鼻先をグイグイと押しつけてくる。

「ちょ⁉　落ち着きなさい！　チセ様に失礼ですよ」

『随分と、スレイプニルたちに好かれているようだな』

アルティアさんたちがスレイプニルを引き離そうと手綱を引っ張るが、ビクともせず、ランタンの中のファウザードからそんな言葉を投げ掛けられる。

「おっとと、魔女様、大丈夫なのですか？」

「ええ、大丈夫よ。意外と人懐っこいのね」

テトに背中を支えられた私は、前にもこんなことがあったな、と思いながら落ち着くようにスレイプニルたちの鼻筋を撫でる。

私の掌から魔力を吸収し、満足したスレイプニルから順番に、アルティアさんたちの手綱に従い、引き離されていく。

「すみません、驚かせてしまって。この子たちに乗って大森林を移動する予定ですが……」

『誰が魔女殿を背に乗せるか争っているようだな』

ランタンの中のファウザードが呟く通り、この場に連れてこられたスレイプニルたちは、互いに額を押し付け合い、地面を踏み鳴らして、威嚇するようにメンチを切っている。

エルフの兵士たちが一生懸命宥《なだ》めるが、スレイプニルたちは一歩も引こうとしない。

膨大な魔力を持つ私を背に乗せれば、その魔力のお零れに与れるからスレイプニルたちは譲れないのだろう。

唯一、アルティアさんの連れたスレイプニルだけは、私たちの移動に同行できるために我関せずな態度である。

「えっと……チセ様方もスレイプニルで移動しますか？」

大森林の中では、馬車のような乗り物での移動は難しい。

そのために、走破能力の高いスレイプニルを連れてきたのだろうが――

「私たちは、馬に乗れないから【空飛ぶ絨毯】で付いていくわ」

「久しぶりに、使うのです！」

私は、マジックバッグから取り出した【空飛ぶ絨毯】を広げる。

その様子に、互いにメンチを切り合っていたスレイプニルたちは、何だと⁉　といった様子で目を見開き、落胆する。

中には、甘えるような声を出して、こちらの気を引こうとする子もおり、苦笑してしまう。

「それじゃあ、私はこの子と共に森の中を案内しますね」

他のスレイプニルたちを尻目に、自身が連れてきたスレイプニルに軽やかに騎乗したアルティアさんの後を、【空飛ぶ絨毯】に乗った私とテトが追いかけていく。

【空飛ぶ絨毯】に乗りながら大森林の景色を眺めていると、スレイプニルで併走するアルティアさんが申し訳なさそうにしていた。

「【空飛ぶ絨毯】をお持ちのチセ様たちには、移動が遅く感じると思いますが、辛抱してください」

「いえ、大丈夫です。スレイプニルにも無理はさせられませんから」

「それにテトは、魔女様にくっつけるから嬉しいのです～」

「きゃっ⁉　テト！　抱き付く時は一言言ってよね」

アルティアさんの前で、背中から抱き付き、肩に顎を乗せてくるテトに私は、仕方がないという風に小言を言う。

そんな私たちのやり取りに、アルティアさんがクスクスと楽しそうに上品に笑っている。

「不老の魔女で女神の使徒だと女王陛下から聞いておりましたが、思った以上に普通の可愛らしい方だと思いまして……」

ごめんなさい、と笑いが止まらないアルティアさんから周囲の森に視線を逸らし、ローブのフードを掴んで目元を隠す。

ただ、私が顔を隠す意味が分かっているテトは、魔女様は恥ずかしがってるのです、と小声で言った。

「そんなに、おかしいかしら？」

少しふて腐れたようにそう呟くと、アルティアさんが笑うのを止めて真剣な表情でこちらを見る。

「エルタール森林国――特にハイエルフの女王陛下に謁見を求める者たちは、多かれ少なかれ腹に一《いち》物《もつ》を抱えているんです。だから、とても穏やかな気質の方を案内できることが嬉しいんです」

不老であり、様々な財産や権力を持ち、エルフの中でも更に希少なハイエルフの女王に会いたい人物は、何かしらの目的を持っている。

豊富な魔力を持つハイエルフの魔法を得たい者だったり——

秘匿され続けたエルフの大森林の全貌を暴こうとする者だったり——

ハイエルフという希少な存在を奴隷として手に入れたい者だったり——

ハイエルフの不老の秘密を探ろうとする者だったり——

大森林の土地や資源、幻獣たち、そこに住まうエルフを手に入れるためだったり——

様々な欲望が、ハイエルフの女王には向けられてきたそうだ。

「私たちは、大森林の観光が目的だからね」

「ですが……チセ様方は、我らの女王陛下と似た立場の方になります」

「そうね。そうかもしれないわね」

エルフの大森林は、ある意味【創造の魔女の森】の未来の可能性の一つだと思う。

限られた窓口で外界との交流を重ね、外部からの干渉を撥《は》ね除《の》けながら、森を護りながら暮らしていく。

確かに、今の私たちと近いけれど——

「【創造の魔女の森】は魔力生産を担っているけれど、いずれこの世界に十分な魔力が満ちた時は、森は切り開かれてもいいと思っているわ」

「何故そう思っていらっしゃるんですか？」

驚きの表情を浮かべるアルティアさんに、自分の考えを告げていく。

「森の全部を切り開くわけじゃないわ。ほんの一部よ。確かに私たちは自然を大事にしているけど、人間や文化の発展を否定しているわけじゃないのよ」

「魔女様は、いつも本を読んで楽しそうなのです！」

テトの言うとおり、私は本が好きだし、文化の発展には本や活字は必要不可欠だ。

それに自然と文化は、調和できると思っている。

無秩序な自然の破壊は好まないが、いずれ【創造の魔女の森】は切り開かれて、開かれた土地にある森と共存できる人々が活動することを願うのだ。

「テトは、幻獣さんがどこでも好きなところで暮らしていける時がくれば、いいと思っているのです」

「そうね。【創造の魔女の森】よりももっと広い世界で生きられる世の中になればいいわね」

魔力濃度が高い場所でしか生息できない幻獣たちは、個体数が少なく希少な存在になっている。

そのために、幻獣たちの生息域では密猟が横行しているのだ。

また、魔力濃度が高い場所でしか暮らせないために、その地から離れることができない。

だから、世界中の魔力濃度が高まり、幻獣たちがどこにでも行けるようになれば、密猟者からも逃げやすくなる。

また様々な地域で繁殖すれば、個体数も増えて大陸中に広がる。

グリフォンやペガサスの背に乗る竜魔族や、ケットシーを連れた弟子のユイシア、スレイプニルに乗るアルティアさんのように、幻獣たちと共存する光景が一般的な世の中になるかもしれない。

無論、幻獣たちの個体数と生息域が増える中で、病死や事故死、人や魔物による殺傷など様々な要因で亡くなる幻獣たちも現れるだろう。

だが、それは幻獣たちが繁殖していくために必要なリスクなのかもしれない、とも思ってしまう。

「チセ様方は普通の方だと思っていましたが、存外ロマンチストなのですね。それに幻獣たちがお好きなのですね」

「だって、そっちの方が素敵じゃない？　みんなが楽しげに暮らす様子や、町中に自然と紛れる幻獣たちがいる光景」

そんな私たちをアルティアさんは、幼い子どもを見るような優しげな目で見てくる。

確かに長命種族のエルフに比べたら子どもかもしれない。

だが、辛いことが多くある不老の長い人生には、こうした夢や希望がなければ、何の面白みもない人生になってしまう。

そんな私たちを連れたスレイプニルと空飛ぶ絨毯は、大森林の奥深くへと進んで行くのだった。

# 12話【エルフに押し寄せる娯楽の波】

「本日はここで一泊し、明日以降は数日掛けて次の集落に向かいますが、大丈夫ですか？」

「ええ、【空飛ぶ絨毯】に乗っているから平気よ」

「それに魔女様もテトも、森歩きには慣れているのです！」

スレイプニルの背から降りたアルティアさんがそう声を掛けてくれ、【空飛ぶ絨毯】から降りた私とテトは、エルフの集落を見回す。

森の中にある集落は、これと言って特徴のない普通の集落である。

ただ世界樹が生み出す魔力で活性化した木々に集落が呑み込まれないように、村の周囲に金属製の杭が打ち込まれており、集落の内外を区切っているようだ。

「アルティア様。ようこそ、お越し頂きました」

「女王陛下のお客人をお連れしました。一晩、お邪魔させて頂きます」

スレイプニルの背から降りるアルティアさんに対して、集落のエルフの人々が取る態度になんとなく見覚えがあった。

「森のみんなが魔女様にする時と似ているのです」

「もしかして、アルティアさんって、エルフの国で結構高い地位の人？」

女王陛下の補佐官と名乗っていたが、やはり相当偉い人のようだ。

そんな私とテトの反応にアルティアさんは、困ったような笑みを浮かべて振り返る。

「私は、所謂《いわゆる》女王陛下の小間使いのような者ですよ」

そう言って謙遜するアルティアさんは、集落の厩舎にスレイプニルを預け、私たちにエルフの集落を案内してくれた。

「何だか、人慣れした感じの集落ね。それに、他の種族の人もいるわ」

「あっ、魔女様！　美味しそうな物を売っているのです！」

集落の広場を見回せば、エルフ以外の人間がちらほらと居り、何かの取引をしているのが見られる。

「許可された商人や冒険者ならば、砦からこの集落までは入ってこられるんです」

どうやら、エルフの大森林で生み出された交易用の品々は、一度この集落に集められて、許可された少数の商人やエルフたちの商隊によって外界に売られていくようだ。

私たちも外部から来た商人が幌馬車の前に広げている商品を覗き込む。

「へぇ、魔石がいっぱい。それに矢尻だけ沢山売られている……」

「綺麗な魔石がいっぱいなのです～」

テトも箱詰めされた魔石を見つめ、物欲しそうな顔をしている。

「エルフの国では、魔石を使った魔導具作りが盛んなんですよ。加工した魔石を再び輸出して利益を得ているんです」

高い魔力を持つエルフたちには、長い研鑽を積み、魔導技術に長《た》けた者たちがいる。

そんな彼らが輸入により手に入れた魔石で、安定した高品質な魔導具を作り出している。

またエルフは人間と比べて人口が少ないので、生活魔導具を各集落に行き渡らせ、余った分を輸出に回しているそうだ。

「なるほどねぇ。それじゃあ、矢尻の方は？」

「そちらは、狩人の方々が使うんです。弓矢は消耗品ですから、空いた時間に自分で矢を組み立てるんですよ」

狩人ごとに体格や扱う弓の種類が異なれば、使う弓矢の長さや重さも異なる。

そのため、矢尻だけ沢山買い込んで、自らで弓矢を組み上げるのだそうだ。

「ちなみに、狩人を引退した方々の内職の一つでもあるんです」

「へぇ、そうなのね」

感心しながらも商品を見させてもらっていると、外の世界では珍しくもない品物も並んでいた。

その中で気になる物を見つけた。

「あっ、本も並んでる」

外部から学術書や論文でも取り寄せて居るのか、と本の表紙を見ると――『勇士伝説』という見知ったタイトルが目に入る。

「そ、それは！　『勇士伝説』の3巻!?　それに他の本もあります！」

露店に並べられた娯楽本の数々にアルティアさんは、打ち震えていた。

「す、すみません！　ここら辺の本を一冊ずつ売って頂けませんか？」

「銀貨10枚だよ」

「これでお願いします！」

躊躇《ため》わずにお金を支払うアルティアさんは、嬉しそうに『勇士伝説』の新刊を含む本を自身の胸に抱く。

彼女は私とテトからの視線に気付くと、アワアワとしながら聞いてもいないのに早口で説明し始めた。

「こ、これは、最近になって大森林に娯楽小説が商品として持ち込まれるようになったので、女王陛下の補佐官として内容を精査するための必要経費であって……」

「大丈夫よ。私もその本の愛読者だからね。別に偏見とかはないわ」

「魔女様もお気に入りの本なのです！」

私がそう宥《なだ》めるとアルティアさんは、少しホッとしたような顔をする。

「でも、大森林にまで本が普及しているのね」

「エルフは長寿で人口が少ない分、子どもたちへの教育に熱心なんです」

大森林のエルフたちは、子どもへの教育に意欲的らしい。

そのために、識字率が高く本を読める人が多いそうだ。

「それに大森林の集落同士の行き来が少ないので、手元で楽しめる娯楽は、とても貴重なんですよ」

ボードゲームなんかは、ルールさえ知れば、エルフたちが自分で木材を加工して作って禁猟期間の暇潰しに遊んだりする。

逆に、冬場の手慰みとして装飾を加えたボードゲームなんかは、木像彫刻と同じく輸出用の商品として重宝されているそうだ。

そんなこんなでアルティアさんと話をしていたが、買った本の内容が気になるのか、彼女がソワソワし出している。

「明日からは更に森の奥を目指すだろうから、今日は早めに休みたいわ」

「今のうちに、ゆっくりと体を休めるのです！」

「そ、そうですね！　集落の宿があるので、そちらで早めに休みましょう！」

翌朝、エルフの集落で一晩過ごした私とテトの前には、少し眠そうなアルティアさんが現れた。

きっと、本を読むために夜更かししたのだろう。

そんなアルティアさんと共に私とテトは、更に大森林の奥を目指すのだった。

# 13話【引き離された魔女】

「こちらが次の集落に向かう道になります」

『大森林の中心までの道程は、まだまだ長いぞ』

スレイプニルに乗るアルティアさんの案内で森の獣道を進めば、エルフの大森林を肌で味わうことができる。

「手入れの行き届いた森ね」

「空気が美味しいのです！」

きちんと間引きされているのか、森に十分に光が当たり、木々が立派である。

時折木々の間を駆け抜ける動物たちを目にして和み、ひんやりと冷たい空気を吸い、目が覚める気持ちになる。

「森の集落の周辺は、村の人々のお陰でこうして立派な森を維持できています。ですけど、少しでも獣道から外れれば、管理されていない原生林が広がっています」

『昔と変わりなければ、原生林の方は、魔物の領域。大森林に住まうエルフの手練《てだ》れでもない限りは近寄らぬ』

原生林の方は魔境と化しており、様々な魔物が住み着いていて、非常に危険なのだそうだ。

また、私たちが進む獣道にもエルフたちの監視の目がある。

そのために、侵入者たちは、原生林側から侵入して魔物の被害に遭うのだそうだ。

「なるほど……国土のほとんどが魔物の生息域になっていて侵入経路を限定しているのね」

「入れる場所が少ないなら、見張る人も少なくて済むのです！」

エルフの国は、大森林に点在する集落を点と点で繋ぐように形成された国家なのだろう。

そして、それらの集落を繋ぐ道は、エルフの案内がなければ進めないと。

「このエルフの国は、ガルド獣人国とローバイル王国、そして、私たちが来たサンフィールド皇国の三ヶ所からしか入ることができないんです」

へぇ、と感嘆の声を漏らしながら、アルティアさんと他愛のない話をする。

森の中で野営をしながら大森林を横断する中で、時折この地で暮らす幻獣たちが私たちの前に姿を現し、私に撫でられることを求めてくる。

砦から数えて、二番目から三番目までの集落は、大森林の中層と呼ばれているそうだ。

中層の森林地帯には、様々な幻獣のテリトリーが存在する。

そこに膨大な魔力を持つ私が通りかかったことを感じ取った幻獣たちが【創造の魔女の森】にいる

幻獣たちと同じように魔力を求めてやってくるので、額や首筋を撫でて、魔力を送り込んであげる。

「可愛い子たちね。でも、私たちは行かなきゃいけないからごめんね」

「ダメなのです。魔女様を連れていかないでほしいのです」

魔力欲しさに幻獣たちのテリトリーに引っ張り込もうと、ローブを咥《くわ》える幻獣たちをテトが説得する。

「チセ様、気をつけてくださいね。この辺りは妨害魔法により方向感覚を狂わせているので、下手に迷い込むとエルフたちでも本気で遭難しますよ」

『お主たちが迷っても割と平気ではあろうが、その分、我の契約者の血縁者に会うのが遅れる』

うっかり幻獣たちに森の奥へ引っ張り込まれたら、この辺りの土地勘がない私は、きっと遭難してしまう。

慌ててアルティアさんの傍に駆け寄ると、ファウザードからも苦言を貰った。

そんなこんなで大森林を進みながら、アルティアさんに、森に掛けられた妨害魔法の種類を教えてもらう。

霧を触媒として、方向感覚を狂わせる魔法を森の各所に仕掛けたり――

石やトーテムポールなどの設置物に魅了魔法を込めて、自然と視線を惹き付けて幻獣たちのテリトリーから引き離したり――

精霊たちによる監視を行なっていたりするそうだ。

「すごい規模でやっているのねぇ」

「こんな広い森を守るのは凄いのです」

「自慢の妨害魔法……と言えれば良いんですが、やはりこうした魔法の発動にも魔力が必要でして、広大な森の全てを補うことは難しいんですよね」

そのために、少なくない侵入者が森に入り込み、ごく稀に密猟や人攫《さら》いなどを成功させてしまう。

なので、薄汚い一攫千金の夢を見る悪党が後を絶たないそうだ。

大森林の奥は川や倒木、隆起や岩などが行き先を遮っているので、途中から獣道でもない場所を進むことになる。

私たちは、幾つかのエルフの集落を経由しながら、一週間ほど掛けて深層の集落まで辿り着いた。

「ここの集落は、エルフって感じの幻想的な村ね」

大森林の深層では、世界樹の魔力が強すぎてすぐに森の木々が集落を覆ってしまうので、土地を切り開くことが困難であった。

そのため、大木を植物魔法で変形させて中を空洞にした住居に住んでいた。

「同族のエルフたちでも、この辺りに来る人たちは、皆そのような反応をするんですよ」

目に魔力を込めれば、所々に精霊が飛び交い、非常にキラキラした世界が見える。

大きくて真っ直ぐな木々には、ドアや小さな丸窓が付けられており、こぢんまりとしたまさに木の家が建っているのだ。

作りは、【創造の魔女の森】にある虫系魔族と植物系魔族の住む集落に似ているが、あの集落よりも木々が段違いに大きく、集落の規模も大きい。

どこからか水が流れる音が聞こえ、心地よい風が大木の住居となった木々の枝葉を揺らし、その隙間から光が降ってくる。

そして、アルティアさんは、木々の隙間から見える天まで貫くんじゃないかと思うほど高い世界樹を見上げている。

「今日は、ここで一晩泊まってからエルタール森林国の首都に向かいます」

遂に他者を寄せ付けない大森林の中に建つエルフの国に辿り着くのか、とワクワクし、エルフの大樹の家を堪能しながら一夜を明かした。

そして、翌日――

「ここから先は、更に強力な妨害魔法が掛かっています。迷わないように付いてきてくださいね」

「分かったわ。でも、ここから世界樹が見えるのに、妨害魔法とか意味があるのかしら？」

「あの木を頼りに進めば、辿り着けそうなのです」

すぐ見上げれば、目印となる世界樹が見える状況で迷うだろうか、と首を傾げてしまう。

「そうですね……。ですが、チセ様方が見ている世界樹は、本当に本物の世界樹だと思いますか？」

そう尋ねられて、訝しげに感じる私だが、それを判別する能力がないことに気付き目を見開く。

『大森林の深層は、中層よりも遥かに多くの精霊たちが世界樹を守るために、様々な妨害を張り巡らせている。例えば、光精霊が見える景色を僅かに右に曲げる。もしくは、闇精霊が世界樹の姿を隠してしまえば――』

「辿り着けない、わね」

ファウザードの言葉に私とテトは、見える世界樹の姿に惑わされていたことに気付く。

他にも水精霊が森を濃霧で包んでしまえば、遠くの目印など分からなくなり、土精霊が魔力を攪乱してしまえば、《アースソナー》のような探知魔法も妨害されてしまう。

もしかしたら、精霊たちからの干渉で【魔力感知】などの探知手段も精度が著しく落ちているかもしれない。

自然の化身である精霊を味方に付けるエルフたちを心底恐ろしく感じる。

また――

「道が、途切れてる？」

「道を間違えたのですか？」

空飛ぶ絨毯に乗った私とテトは、周囲を見回すが、今まで通ってきたような獣道は、なかった。

どこかで道を間違えたのか、とも思ったが、ランタンからファウザードの声が響き、前方の木々がざわめき始める。

『我が帰ってきた。道を空けよ』

魔力の籠もったファウザードの声が響き、前方の深い森の木々が蠢《うごめ》き左右に避け、茨の蔓がアーチを作り始めたのだ。

「おー、凄いのです!」

「植物の精霊たちが道を塞いでいたのね」

私は、精霊たちによる厳重な防衛状況に呆れるように呟く。

「ここから先は、茨のトンネルで天井も低いので、抜けるまでは徒歩で進みましょう」

スレイプニルの背から降りるアルティアさんの言葉に従い、私とテトもここまで乗ってきた【空飛ぶ絨毯】から降りて歩く。

スレイプニルの手綱を引くアルティアさんの後に付いていき、ふと後ろを振り返ると、左右に避けてくれた木々も元に戻っていく。

これは、もしも迷ったら元の場所に戻れなくなると感じ、もう少し気を引き締めないと、と思いながらテトと一緒に大森林の深層を歩いて行く。

「これは、結構辛い環境ね」

「魔女様、大丈夫なのですか？」

段々と大森林の奥深くに入って行けば、濃霧が周囲に広がり、目の前を進むアルティアさんとアルティアさんの腰に吊されたファウザードのランタンの光を頼りに追っていく。

魔力感知も効きづらく、視界も悪い環境は、流石《さすが》に経験したことがない。

森の中を歩き慣れている私たちだが、自然と歩みが遅くなり、口数も減って無言になる。

前を歩くアルティアさんの後を無心で追い掛け、ふと後ろを歩くテトを見るために振り返る。

「テトは、大丈夫？　ちゃんと付いてきている？　……テト⁉　アルティアさん、テトが居ないわ」

振り返った先にはテトが居らず、アルティアさんに声を掛けようと正面を向くとそこには、アルティアさんの姿もなかった。

「えっ……あっ……」

突然のことに呆然とする私は、一瞬何が起こったのか分からずに困惑する。

消えたテトやアルティアさんたちを捜すために、魔力感知を行なうが、周囲の森全体に様々な魔力が渦巻いており、テトやアルティアさんの魔力を感じることができない。

『こっち、こっちだよ』

一体、何が起きたのか分からずに困惑する私だが、濃霧の中でただ一点だけ、こちらを呼ぶ楽しげな声が聞こえて来た。

「何が私だけを呼んでいるのかしらね」

こっちへ来るように声の主に誘導された先に進むほどに濃霧が晴れていき、私は、森の中にポッカリと空いた泉に出た。

「……ここはどこなのかしら？」

私は、謎の声に導かれるまま辿り着いた泉の畔《ほとり》に近づく。

静寂が広がる泉の周囲を魔力感知すれば、私の魔力感知を妨害していた様々な魔力が消え去っている。

「テト！　アルティアさん！　ファウザード！　居たら返事をして！」

私が周囲に呼び掛けるが、森の中で声が木霊《こだま》して消えていく。

「これは、完全に遭難したわね……」

自分が今どこにいるか分からない状況で私は、泉の畔に座り、テトとアルティアさんたちが迎えに来るのを待つことにした。

# 14話【精霊回廊】

## SIDE：ダークエルフの案内人・アルティア

「魔女様～、魔女様～！」

「チセ様！　聞こえたら、返事をしてください！」

今にも泣きそうな声を張り上げるテト様に胸が痛むのを感じながら、私は自身の失敗に苦い思いをする。

【創造の魔女】のチセ様たちをエルタール森林国の首都に案内している最中に、チセ様が行方不明になってしまったのだ。

それも私とテト様で前後を挟まれた状態で歩いていたにも拘わらず、突然、霧の中で姿を消したのである。

「……!?　魔女様が消えちゃったのです！」

ちゃんと二人が付いてきているか確かめた直後、テト様の声に振り返るとチセ様の姿が消えていたのだ。

私たちは、エルタール森林国までの道から外れないようにチセ様を捜すために声を掛けるが返事はなく、精霊たちに妨害されて探知もできない。

「そうなのです！　魔女様の持っている【転移門】と繋がれば、合流できるのです！」

そう言ってテト様は、自身のマジックバッグからチセ様が【創造魔法】によって生み出したという【転移門】という魔導具をその場で取り出す。

【転移門】は、対になる門が置かれた場所と空間を繋げる魔導具らしいが……

「これで魔女様のところに……おろ？」

四角い門形の魔導具は、別の空間に繋がることなく、ただテト様を素通りさせている。

「大変申し上げにくいのですが、この大森林の中心は、エルタール森林国の首都と世界樹を守るために、精霊様方のお力が強く働いております。そのため、許可のない空間魔法の使用は妨げられるのです」

私がテト様の【転移門】が使えない理由を説明すると、目元がうるうると潤み始める。

「魔女様～、魔女様～！」

泣きそうになりながらも必死でチセ様を捜そうと声を張り上げる中、私も途方に暮れる。

「チセ様は、どこに行ってしまわれたのですか」

もしも道を逸れて森の中で迷っていたら、と私自身の失敗に苦い思いをしていると、腰に吊したランタンに宿るファウザード様が言葉を伝えてくる。

『精霊たちの仕業だな』

「ファウザード様？」

「何か知っているのですか⁉」

テト様がファウザード様に振り返ると、ファウザード様がチセ様が消えた理由を語る。

『ダークエルフの娘が契約した精霊よりも上位の精霊たちが、あの娘を【精霊回廊】に誘ったようだ』

「何ですって⁉」

【精霊回廊】とは、精霊が使う特別な通り道のことだ。

元々は、精霊の一時的な隠れ家や遠く離れた場所への移動手段のような亜空間である。

精霊や妖精に関する伝承で出てくるフェアリーサークルは、【精霊回廊】の入口の目印である。

また、他の伝承の中には、妖精が旅人を道に迷わせたり、子どもを連れ去ったりする話がある。

そういう時には、人間が【精霊回廊】に迷い込んでしまったり、妖精たちに招かれた人間が【精霊回廊】を通じて別の場所に移動してしまったりするのだ。

時に、善良な精霊が迷い込んだ人たちを見つけて、元の場所に戻す場合には、神隠しなどとも呼ばれている。

「どうすれば、魔女様の居る場所に行けるのですか？」

泣きそうなテト様がファウザード様に尋ねるが、答えは芳しくない。

『【精霊回廊】からどこに出たかは、招いた精霊たちのみが知る。この近くには居らぬだろう』

「なら、ファウザード様のお力で【精霊回廊】を開けば！」

『我は今、力を消耗している。【精霊回廊】は開けぬ』

今ここで行方不明のチセ様を当てもなく捜し始めるよりも、この状態で最善策を選ぶ。

「私たちがチセ様を捜しに行けば、二重遭難に遭われます！　今はチセ様を見つけるために、速やかに首都に居る女王陛下に報告の後に、エルフの騎士たちに捜索を依頼しましょう！」

精霊魔法の遣い手であるエルフといえども、【精霊回廊】に干渉できる者はごく稀で、現在私が知り得る限りではハイエルフの女王陛下だけである。

女王陛下に【精霊回廊】を開いてもらい、その道を通じてエルフの騎士たちにチセ様の捜索をお願いするのだ。

きっと、上位の精霊たちに連れて行かれたチセ様を見つけて下さるはずだ。

「うう、魔女様、魔女様～」

一気に幼子のようになってしまったテト様と共に、スレイプニルの背に乗って大森林の中を走らせる。

スレイプニルは、足を止めることなく、森の中を走ることができる。

時折、森の障害物や難所を契約した闇精霊の《影転移》で短い距離を飛ばして、エルタール森林国の首都に向かった。

だが、一度の《影転移》で移動できる距離は、精々視界の範囲内である。

本来は、小さな手紙や小物などを運ぶために使っているものだ。

人間二人分とスレイプニル一頭を一日に何回も《影転移》で移動させたのは初めてで、急激に魔力が減るのを感じる。

それでも、エルフが使う高品質なマナポーションを飲みながら、闇精霊に魔力を渡して《影転移》を続ける。

途中、テト様と交替でスレイプニルの手綱を握りながら、休むことなく一昼夜掛けて大森林の深部を駆け抜けるのだった。

## SIDE：魔女

濃霧の中で聞こえた声の方向に進み、開けた泉の畔に出た私は、【転移門】や通信魔導具を使用できるか試していた。

「うーん。私の転移魔法や【創造の魔女の森】やテトの物と繋がる【転移門】、連絡用の通信魔導具もダメみたいね」

泉に辿り着いた私は、【転移門】や通信魔導具でテトやアルティアさんとの合流を図ろうとしたが、ことごとく失敗した。

どうやら大森林の侵入者対策として、精霊たちによって転移魔法や通信魔導具の使用を妨害されているようだ。

「それにしても、どうして私だけがこの場所に導かれたのかしら?」

一緒に導くなら、精霊の残滓《ざんし》を持つテトや、大森林を案内していたアルティアさんも一緒に呼び寄せるべきなのにと色々考えるが、答えが出ない。

「とりあえず、何があるか分からないし、一休みしましょう」

この状況で開き直った私は、マジックバッグから取り出した敷物を広げて、泉の畔で休憩する。

私は、【創造魔法】で生み出した【不思議な木の実】を食べながら、泉の景色を眺める。

「本当に綺麗な場所ね。心が洗われるみたい」

泉の真上に空いた空から降り注ぐ温かな日差しと涼しげな空気、泉から流れる水音と森の葉音の自然音が心地良い。

「テトたちの救助は、いつ頃来るのかしら」

そう呟きながらも、ぼーっと景色を眺めて過ごしていると、背後から人の足音が聞こえて振り返る。

「なんじゃ？　なぜにこんな所に童が居る」

私が振り返ると、視線の先には一人のエルフの女性がいた。

黄金を思わせる金髪に青い瞳、抜けるような白い肌に、蠱惑《こわく》的な肢体が藍色のドレスに包まれており、スリットから覗く生足が艶《なま》めかしい。

森にいるには不釣り合いな恰好だが、その美しさは同性の私でも目が冴える程の衝撃を与えてくる。

「……エルフ？」

「ん？　そうじゃ、妾はエルフじゃ。珍しいかのう？」

その尖った耳はエルフのそれであるが、目の前の人物は見知ったエルフたちと一線を画す美しさを持っている。

「いえ、そうじゃないけれど……あなたは誰？」

「それは妾の台詞《せりふ》じゃ。妾の精霊に呼ばれてここに来てみれば、なぜか童がここにおる。どうやってここに来たんじゃ？」

「どうやってって、濃霧に包まれて、声に呼ばれるまま歩いたら……」

エルフの女性の疑問に、私は体験したことそのままを答える。

それで理解したのか、エルフの女性は溜息を吐く。

「はぁ、お主は、【精霊回廊】で攫《さら》われてきたようじゃな」

と言われ
使い』の僕は職人ギルドから追い出されるも、ダンジョンの深部で真の力に覚醒する
cked out of the craftsman's guild because my incompetence was deemed unnecessary
power in the depths of the dungeon"
再会、離別。
復讐の先にある光景とは──
スキル「時計使い」を覚醒させてSSS級の冒険者となったシクロは、妹アリスと和解をしパーティに加えることになった。こうして四人で依頼をこなしていた折、シクロ達は辺境伯からディープホールの攻略を依頼される。復讐の始まりにもなった地の底でシクロを待ち受ける物とは……。
mu Kohaku
琥珀
y Fuku Kitsune
／福きつね
評発売中!!
価:1,320円(本体1,200円＋税10%)

冒険者ギルドが十二歳からしか入れなかったのでサバよみました。
著＝KAME
イラスト＝OX
02
キリ、新人教育に苦戦中!?
港町にある冒険者の店「暴れケルピーの尾びれ亭」に、冒険とは無縁そうな二人組の女の子が現れた。話の成り行きで、キリが彼女たちを薬草採取のクエストに連れて行くことになるのだが……。純粋無垢な少年は、新たな出会いを通してまた一つ成長する。
好評発売中!!
B6判／定価:1,320円(本体1,200円＋税10%)

## エノク第二部隊の遠征ごはん
### 文庫版
### ③

小説／江本マシメサ　イラスト／赤井てら

## 新しい仲間が増えたよ！

“魔力なし”だと言われていたのに、実はもの凄い魔力を持っていたことが発覚したメル。そのことに不安を感じ、魔法の勉強を始めることになったが——その師匠候補として挙がったのは因縁深き“あの人”だった!?　さらに、人工スライム捕獲に慈善バザーなどなど、冒険盛り沢山！　美味しいごはんと共に、第二部隊は今日も征く！

文庫／
定価858円（本体780円＋税10%）

**7月20日発売**



## 乙女ゲー世界はモブに厳しい世界です
### ⑫

小説／三嶋与夢　イラスト／孟達

### リオンに暗殺指令!?

復活した新人類の切り札、要塞『アルカディア』。アルカディアの傀儡となった帝国は、旧人類の末裔を滅ぼすべく、王国に留学中のヘリングにリオンの暗殺を命じる。それを察したリオンは、自身の進むべき道に葛藤するが……。

B6判／定価:1,320円（本体1,200円＋税10%）

## あのこ
## 俺たちに厳

小説／三
イラスト／悠井もけ

### 政略結婚を

実家の借金を帳消しにリー家のクズ長男との結てしまったマリエ。笑顔いくマリエの後ろ姿に、重ねてしまい……大反響ンオフ、急展開の第二巻

B6判／定価:1,320円（

**7月31日発売**

“ドM”で“ゾンビ”な“治癒士”の
生き残りをかけた日常が始まる——
聖者無双
サラリーマン、異世界で生き残るために歩む道
CAST
ルシエル／川島零士
ブロド／大塚明夫
グルガー／前野智昭 ガルバ／小野大輔
ルミナ／衣川里佳 ナナエラ／立花日菜
モニカ／石見舞菜香 クルル／佐々木未来
豪運先生／森久保祥太郎
2023年7月13日から
TVアニメ放送開始!
TBS 7月13日(木)深夜1:28～ ／ BS11 7月14日(金)よる11:30～

GC NOVELS
GOT A CHANCE
最新情報
https://gcnovels.jp/
2023
July
7
魔女様、
エルフの国に誘われる。
魔力チートな魔女になりました
a Witch with Magical Cheat
〜創造魔法で気ままな異世界生活〜
アロハ座長
イラスト てつぶた
8
好評発売中!!
身分を隠して旅をするチセとテト。訪れた街で一風変
わった依頼を受ける。それが巡り巡ってエルフの国に
誘われることに。外界との接触を最小限に留めるエ
ルフの国に興味津々のチセ。だが訪れた先で、エル
フ特有の問題に直面する。
B6判／定価1,320円（本体1,200円＋税10%）

「……【精霊回廊】？」

初めて聞く言葉に私が疑問を口にすると、エルフの女性は律儀に答えてくれる。

「【精霊回廊】とは、精霊たちが使う道で色んな場所に通じておる。きっと、精霊に気に入られて、遠くの場所からここに連れて来られたんじゃろう」

あの濃霧に覆われた空間は、亜空間のトンネルで、そこを通って別の場所に移動していたようだ。

「人里では、こういうことを神隠しなどと呼んでおるそうじゃ」

見たところ、魔法使いの家の子かのう？　などと私の姿を見て、そう呟いている。

「辺りを見回した時、精霊は見なかったけど……」

「魔法使いの子ならば、霊体が見えるのも不思議ではないか。確かに目に魔力を集めて、見えざるものを見ることができる」

じゃがな、と幼い子どもに言い聞かせるように前置きして続きの言葉を語る。

「見られる側とて見られたくないならば隠れることもできる。特に精霊たちは、木々や土、水などの自然の中に隠れれば、こちら側から見つけるのは困難じゃ」

エルフの女性の言葉に、確かにそうかもしれないと納得する。

そうして一頻《ひとしき》り話をしたところで、エルフの女性は、目元を鋭く細めて、虚空に向かって語り掛ける。

「さて、童が精霊に招かれ、そして妾も精霊たちに呼ばれて来た。どういうことか説明してもらおうか?」

そう言ってエルフの女性が手に持つ扇子をパチンと軽く閉じると、空中からぼんやりと光が浮かび上がり、何人かの精霊が魔力の鎖に囚われた状態で現れた。

『……エルネアに、喜んで欲しかったの』

『エルネアに早く会わせたかったの』

どうやら精霊たちは、この人に私を引き合わせたくて【精霊回廊】で連れてきたようだ。

「なんぞ、お主らは、妾のためと申すか? 確かに妾の無聊を慰めるために、お主らが気に入った者たちを招いて語らうこともある。じゃが、こちらも準備なしには持て成せないであろう」

「えっ? 怒るところ、そこ?」

精霊たちを叱るエルフの女性だが、準備不足を怒るだけで勝手に人を連れて来たのは怒っていないようだ。

思わず、その部分に私がツッコミを入れると、不機嫌そうに呟く。

「普段は、ちゃんと来る者が望めばすぐに帰せるように準備しておるんじゃぞ。じゃが、今回は準備もなしに勝手に呼ぶから、元の場所に帰すにも時間が必要なんじゃ」

どうしたものかと悩むエルフの女性は、私の扱いに悩む。

そして、しばらく考え込み、何か決まったようだ。

「仕方がない。お主は、とりあえず妾のところに来るが良い。精霊たちには魔力を渡しておくから、明日になれば、お主を元の場所に返す準備も整うはずじゃ」

「その、よろしくお願いします。テトと……途中ではぐれてしまった仲間がいるので、彼女と合流したいです」

「うむ！　妾に任せるといい。では、付いて参れ！」

謎の絶世の美女エルフの手を取って立ち上がった私は、彼女に手を引かれるまま、近くの大木の影の中に飛び込む。

視界は一瞬で影に覆われ、次の瞬間には泉とは別の景色が広がっていた。

巨大な世界樹が枝葉を広げて空を覆う中、それが放つ光が明るく降り注ぐ、白を基調とした街並み。

「……綺麗」

「ここは、妾たちエルフの国――エルタール森林国である！　近々、大事な客人が来る予定でのう。少し妾は席を外すかもしれぬが、お主を丁重に持て成し、はぐれた仲間の下に返すと誓おうぞ」

思いがけず、目的地に到着した私は、エルフの女性に導かれながら町中を歩いていくのだった。

# 15話【エルタール森林国】

エルフの女性に連れられて大きな建物を目指して歩いて行く中、町の様子に唖然としていた私は、ハッと正気に戻り、エルフの女性に色々と尋ねる。

「さっきのは、闇精霊の《影転移》？　それに、ここがエルフの国の首都なの？　いえ、それより、いきなり二人の人間を転移させて魔力は大丈夫なの？」

同じ闇精霊と契約してるアルティアさんが見せてくれたのは、影から手紙を取り出す程度の小さな物体の移動だ。

通常の転移魔法でも、距離や移動させる人数などに比例して魔力消費量は大きくなるために、魔力が枯渇しないか心配になる。

そんな私の様子に、エルフの女性は微笑ましそうに見つめてくる。

「なんじゃ？　妾のことを心配して居るのか？　優しい子じゃな、愛《う》いやつ愛いやつ」

そう言ってエルフの女性は、私の頭をわしゃわしゃと雑に撫でてくる。

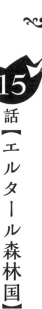

「ちょ、ちょっと⁉」

抗議の声を上げる私は、数歩下がって距離を取り、これ以上頭を撫でられて髪の毛を乱されないようにローブのフードを深く被って身構える。

そんな私の反応が楽しいのか、エルフの女性は満足そうに笑っている。

「そう怒るでない。それに、この程度で体調を崩すほど妾の魔力は少なくない」

「……そう。流石《さすが》エルフってところかしら」

魔力制御能力が高いために、どのくらい魔力量があるか分からないが、それでも魔力が多いと言われるエルフならば、ありえるかもと思う。

「ほれ、童よ。行くぞ」

「分かったわ」

エルフの女性に連れられながら、私が町中の様子に魅入っていると、彼女は微笑ましそうに尋ねてきた。

「どうじゃ？　大森林のエルフの首都は？」

「とても綺麗で、素敵な場所ね。まるで、お伽噺《とぎばなし》の妖精の国みたい」

白を基調としつつ、張り巡らされた水路には清浄な水が流れ、町の様々なところに草花が植えられた都市。

それは、今まで見たことがない種類のものだった。

「お主は、可愛らしい童じゃのう。妾には見慣れた町も楽しんでくれる」

「私にとっては、見慣れていない町だから素直にそう思うのよ」

そんな私の反応が楽しいのか、満足そうに微笑むエルフの女性は、世界樹の根元に近い方向に進んでいく。

「ほれ、こっちじゃ、こっちに来るが良い」

「あの……本当にここに入って良いの？　もしかして、エルフの国の偉い人？」

町中を通り、重要な区画との境界を通り抜けた私は、エルフの女性に宮殿らしき建物に連れて行かれる。

もしかしたら、エルフの国で働く宮廷魔術師のような立場にある人なのかもしれないと思った。

更に女性に付いていくと、宮殿の中の人たちが、恭《うやうや》しく頭を下げてくる。

「お帰りなさいませ、エルネア様」

「うむ。散歩から帰った。森の中で客人を拾ったから、客室を使わせてもらうぞ」

扇子をひらひらと動かしながら、堅苦しい挨拶など不要、などと言っている。

そんな彼女に苦笑を浮かべながら受け入れる使用人たちの様子を見ると、エルフの女性――エルネアさんは、普段から使用人たちに気楽に接しているのかもしれない。

「うむ。ここじゃここじゃ、ここに泊まるが良い」

「ありがとうございます……」

客室の一つに案内された私は、部屋に入るとその豪華さに驚いた。

私の屋敷の寝室よりも数倍は広く、明らかに高価そうな家具や調度品などが見られる。

そんな寝室に唖然とする中、案内した当の本人であるエルネアさんは、ソファーにもたれかかるようにだらしなく座り、指先を動かして呼び出した影の中からワイングラスと酒瓶を取り出す。

「ふぅ、森の散歩を終えた後の一杯は格別じゃのう」

「あの……保護してくれたのはありがたいけど、なんで居るの？」

「それは、保護者として幼子を広い客室に放り出せぬからな。幸い、ベッドは広いから一緒に寝ても十分だから心配はない」

そう言われて、確かにそうなのだろうが……そう思って横目でエルネアさんを見ていると、小首を傾げながらワイングラスに注いだお酒を掲げて見せてくる。

「なんじゃ、この酒が気になるのか？　少し飲むかぇ？」

「いえ、遠慮するわ」

「大森林で取れる果実から作られたフルーツワインは、美味しいんじゃがのう」

残念そうに言いながら、ワイングラスを傾けて赤黒いワインを上品に飲む。

そんなエルネアさんを見ながら私は、言葉を掛ける。

「多分エルネアさんは、エルフの国で偉い立場の人でしょ。だったら私のことは、さっきの使用人さんたちに任せた方がいいんじゃないの？」

「エルネアさん……なんとも久しい響きじゃのう……」

お酒を飲みながら、嬉しそうに私の呼び方が気に入ったのか何度も繰り返す姿に、半目で見やると、私の視線に気付いて咳払いする。

「こほん……まぁ、お主の言うことも一理あるが、ただ単に、妾が童のことを気に入ったのじゃ……」

「そう言ってもらえるのは有り難いけど、私は、童って言われるような歳じゃないわよ」

「うむうむ。童はいつでも背伸びをしたいもの。それに妾としては、お主らが何歳だろうと可愛い童なんじゃよ」

どこか微笑ましげな視線を向けてくるエルネアさんに私は、戸惑いを覚える。

「お主もそんな所に立っていないで妾の隣に座って休むがよいぞ」

ポンポンと自身のソファーの隣を叩くエルネアさんを無視して、反対側のソファーに座ろうとする。

だが、パチンとエルネアさんが扇子を打ち鳴らすと、反対側に置かれたソファーが影の中に沈み込み、座る場所がなくなってしまった。

「……はぁ、わかったわ」

渋々とエルネアさんの隣に私が座ると、可愛い可愛い、と幼い子ども扱いで撫で回される。

テトとはまた違った構われ方になんとも言えない気持ちになるけど、迷子になった私を見つけてくれた人であるために、我慢をする。

そうして、満足するまで可愛がるエルネアさんは、私に色々と尋ねてくる。

「そうじゃ。お主は、森の外を歩いたことがあるか？」

「……まぁ、色々な場所は旅をしているけど？」

「妾は、このエルフの森以外の場所を知る機会がなくてのう。森以外の場所の話を聞かせて欲しいのじゃ」

そう言われて私は、少し考え込む。

大森林には、滅多に外部の人が入ることができず、またそこに住まうエルフの人たちも滅多に外には出ないと聞く。

そのため、大森林の外に興味を抱く人も居るのは想像できる。

「そうね。それじゃあ、石鹸《せっけん》を作る村の話はどうかしら？」

「おおっ、石鹸！　妾たちも森で摘んだ石鹸草で衣服を洗ったりしておる！」

絶世の美女なのに、子どものように目を輝かせるエルネアさんに少し苦笑しつつ、かつて手伝った元開拓村の出来事を多少ぼかしながら語った。

他にも、今までの旅の中で見聞きしたものを聞かせる。

——職業訓練施設となった孤児院。

——荘厳な五大神教会と、そこで行なわれた結婚式。

——ドワーフたちの住む廃坑の町とそこに住まう友人の少女。

――遮る物のない大海原を望める賑やかな港町。

――そして、魔物によって滅ぼされた町の跡地。

私とテトが見てきた出来事を多少ぼかしながら語る。

エルネアさんは私の話に楽しそうに相槌を打ち、時折深く尋ねてくる。

私が答えられる範囲の出来事をエルネアさんに語っていると、気付けば大分時間が経っていた。

窓の外を見れば、空は見えないが世界樹の発する光は弱まり、そろそろ夜が差し迫っているのが分かる。

「そう言えば、お腹空いたわね」

「むぅ？　それは失念しておった。お主の食事を用意させねばな」

「いいわよ。ちゃんと、料理は持ってきてあるから」

そう言って、マジックバッグからお鍋と土鍋を取り出す。

私が魔力を注いで性能を拡張したマジックバッグは、内部の時間経過が限りなく遅いために、作りたての食事を保存しておくことができるのだ。

「お主、それはマジックバッグじゃな」

「知ってるの？」

「うむ。立場上、多くの魔導具を見ることがある。この大森林にも何ケ所かダンジョンがあってそこから見つかることがあるが……どこのダンジョンで手に入れた物じゃ？」

「……さぁ？　貰い物だから分からないわ。便利だから使ってるけど、一緒に食べる？」

私は、エルネアさんからの質問を誤魔化しながら、マジックバッグから取り出したお鍋の蓋を開ける。

「なんだか、とても刺激的な香りがするのう」

今回、マジックバッグから取り出した料理は、テトの大好物であるカレーだ。

鍋の蓋を開ければ、熱々カレーのスパイスの香りが部屋に広がり、食欲をそそる。

今回の具材は、オーク肉を使ったポークカレーだ。

「ごくり、中々に食欲をそそられる匂いがする……シチューとは違うようじゃが、外の世界には斯様《かよう》な料理が存在するのか」

初めて見るカレーに驚くエルネアさんに、私は構わずに土鍋で炊いたお米をお皿に盛り付ける。

土鍋で炊いたお米は、【創造の魔女の森】のミノタウロスたちが栽培した新米であるためにツヤツヤで美味しそうだ。

そこにカレーのルーを掛ければ、カレーライスの完成である。

「私が作った料理だけど食べる？　一応、パンもあるけど」

「これも良い機会じゃ！　妾もお主と同じ物を頂こう！」

私は、エルネアさんの分のカレーライスと付け合わせのサラダも用意してテーブルに並べる。

初めてのカレーライスを前にしたエルネアさんは、恐る恐るカレーに手を付ける。

そして、一口食べた後は、エルネアさんのスプーンが止まらない。

きっと口の中では、カレーの複雑なスパイスの味と、じっくりと炒められたタマネギの甘みを豚肉の脂が包み込んだ刺激的な風味を感じているのだろう。

「お口に合ったようで良かったわ」

エルネアさんが食べ始めたのを見て、私もいただきます、と呟いてカレーに手を付ける。

大人でありたいが、子ども舌である私にとっては、食べやすい『辛さ二段階目』と言ったところだが、カレー初心者のエルネアさんにとっても非常に食べやすかったようで、食が進んでいる。

上品ではあるものの、時折付け合わせのサラダやお酒を口にして黙々と、そして勢いよく食べていく。

小さな子ども扱いされる私だったが、少しだけしてやったり、という気分になりながらカレーを食べる。

「うむ。美味じゃった。シチューとは異なる想像以上に美味しい料理であった！」

「お粗末様です」

「お主も今日は疲れたであろう。お風呂に入ってくるとよい」

食器を片付けた私は、エルネアさんに勧められて客室に備え付けられたお風呂に入る。

大森林を横断する間は、清潔化の魔法である《クリーン》で汚れを落としていたが、こうしてお風呂に入ることで安らぎを感じる。

「ふぅ、極楽極楽……」

「童よ。妾も入らせてもらうぞ！」

そんなお風呂場にエルネアさんも入ってきて美しい肢体を私の前に惜しげもなく晒してくる。

「な、なんで入ってくるのよ!?」

「幼子一人を入らせるわけにはいかぬじゃろう？　それに同性同士で恥ずかしがることなどないじゃろ？」

「一人でお風呂に入れない歳でもないし！　それに同性同士だけど、ビックリするじゃない……」

「よいではないか、よいではないか」

そう言って風呂場に居座り、体を洗い始めるエルネアさんをジト目で見る。

幸いにして、このお風呂場は二人で入っても十分に広かった。

そして、体を洗うエルネアさんの姿を横目で見れば、形のいい大きな胸をもっており、成長の止まった自身の薄い胸を見下ろして少し悲しい気持ちになる。

「童よ。いずれ妾のような胸に成長する。希望はあろう」

「え、ええ……」

励ましてくれるエルネアさんの言葉に相槌を打つが、不老の私はこれ以上胸が大きくならないと言えずに、少し罪悪感を覚える。

一応、変化の魔法で大人の姿になれば、それなりの大きさはあるが、それでも比較してしまう気持ちはある。

その後、眠る時間となるのだが、今日は精霊に攫《さら》われるなどの出来事があって中々眠気が訪れない。

その一方でお酒の入ったエルネアさんは、早々にベッドで眠りに就いている。

私は窓からのエルフの国の夜景を眺め、私たちの旅の目的地であるが、やはり本来の方法でやってきたわけではないことに居心地の悪さを感じる。

「……テト、どうしているかしら」

精霊に突然攫われて、エルネアさんに引き合わされて、一足先にエルタール森林国の中枢に足を踏み入れたが、その実感がまるでない。

ただ私が居なくなった後、テトやアルティアさんたちがどんな風に過ごしていたのか心配しつつ、私に今できることはないのでソファーで横になるように眠る。

広いソファーは柔らかく沈み、小柄な私が眠るには十分な広さであった。

# 16話【ハイエルフの女王】

柔らかなソファーに身を丸めて眠っていると、部屋の外から響く慌ただしい足音にうっすら目を覚まし、浅い意識のまま周囲の音を拾う。

「エルネア様！　なんでこんな客室に居るんですか!?　捜しましたよ！　お休みになるなら、自室で休んでください！」

「堅いことを言うでない。どうせ、エルフの国に客人など滅多に来んのだ。来たとしても他の客室を用意すればよかろう。それよりも随分と疲れた様子で、そちらの子も何故に泣いておる？」

どこか聞き覚えのある声に、眠りながらも意識がそちらの方に向く。

エルネアさんは、扉の前で話しているのだろう。

そんな開けられた扉の外からは、女の子の嗚咽の声も交じって話し声が聞こえてくる。

「大変なのです！　こちらに向かっている途中、【創造の魔女】様が行方不明になりました！」

「なんじゃと!?」

「消えたのは昨日です！　いつの間にか攫《さら》われ、【精霊回廊】が使われたと、ファウザード様が仰っておりました！　現在、エルフの騎士団に捜索要請を出しております！」

「大事な客人であるのに……妾も精霊たちと共に捜すのを手伝おう！」

朝っぱらからの騒々しさに寝惚《ねぼ》け眼《まなこ》を擦《こす》りながら目覚めた私は、ソファーから起きて扉の前まで歩いていく。

「どうしたの、エルネアさん？」

「童よ、起きたのか？　森で行方不明者が出たようで、妾が陣頭指揮に出なくてはならぬ。しばし、この部屋で待っていると良い」

私が扉の外から話している人を覗き込むと、話している相手と目が合った。

「「……あっ」」

驚きで目を見開くアルティアさんとその隣で、魔女様〜魔女様〜、とえぐえぐと泣いているテトがいた。

「おはよう、テト、アルティアさん」

「ま、魔女様〜！」

テトは、泣きながら私の腰に抱きついてきて、そのまま客室の床に尻餅をつく。

ずっと泣きっぱなしだったのか、体を構成する水分を流失したために、顔の表面がカサカサにひび割れている。

私を見つけるまでにどれほど泣き続けたのだろうか。

呑気にソファーで寝ていた私は、罪悪感を覚える。

「テト、落ち着いて。泣いた分だけお水を飲んで」

「良かったのです！　魔女様が無事で良かったのです！」

なんだか、無事に再会できて良かったという雰囲気になる一方、エルネアさんを見るアルティアさんの表情が険しい。

「まさか——チセ様を連れ去ったのは、エルネア様本人だったのですか⁉」

「誤解じゃ。妾は、決してそのようなことはしておらぬ！」

助けてくれ、というように目を向けてくるエルネアさん。

可哀想なので私はアルティアさんに、これまでの事情を説明する。

「エルネア様が何か失礼なことはしませんでしたか」

「むしろ、良くしてくれたわ。ただ、こんな外見だから、小さい子ども扱いだけど」

泣き続けたテトにマジックバッグから取り出した飲み物を飲ませて宥《なだ》めながら、アルティアさんにそう答える。

「すみません、一国の主に相当するお方に、そのように接してしまい……」

「申し訳ないとは思うが、知らなかったのじゃから仕方がなかろう。それに妾もこの国の女王なんじゃが……」

「あなた様は、精霊たちからチセ様のことを聞いておられたのでしょう！　なぜ、チセ様の正体に気付かなかったんですか！」

「創造の魔女殿は、齢90を超えると聞いておったが、精霊たちは人間たちの容姿に頓着しないから知らぬ。そもそもある程度の強い魔女なら、容姿や年齢くらい変えられるから当てにならぬぞ」

「それでも【空飛ぶ絨毯】のチセ様は、容姿も有名なんですよ」

「2000年以上も生きておるから、そんな細かな情報など覚えるに値せん。第一、会えば人柄など大凡《おおよそ》分かるわ」

そもそも精霊たちがここまで通したんだから、問題なかろうて……と言って、ひらひらと手を振るエルネアさんに、ぐぬぬっといった表情をするアルティアさん。

なんとなく、アルティアさんが苦労人っぽく見えてしまう。

「それでは、改めて童たちに――いや【創造の魔女の森】の盟主殿に自己紹介しようか。妾は、エルタール森林国の女王・エルネアじゃ。そして、こっちが――」

「エルネア女王陛下の補佐官を務めさせていただいております、アルティアです」

なんとなく話の前後から予想していたが、やはりエルネアさんがハイエルフの女王だったのか。

「こちらも改めまして、【創造の魔女の森】から来た魔女のチセです」

「……魔女様を見つけてくれてありがとうなのです。テトなのです」

私とテトが頭を下げると、エルネアさんが満足げに頷く。

「うむ。チセとテト、良い名じゃ。名前を聞いたからには童と呼ぶのは失礼じゃな。それに不老者同士で長い付き合いになるかも知れぬ。チセと呼んで良いかのう？」

「構いませんよ、エルネア陛下」

私がそう言うと、ふて腐れたように可愛らしく唇を尖らせる。

「そこは、今まで通りで良い」

「いいの？」

「よいよい、妾は堅苦しいのは好かん。それに可愛い奴は好きじゃからな」

「……こほん、陛下」

そう言って、私とテトの頭を撫でようと手を伸ばすエルネアさんに、アルティアさんが咳払いをして低い声で呟く。

陛下呼びは嫌いなのか、嫌そうにしながら手を引っ込める。

「全く、小さい頃は可愛かったのに、どうしてこんな風に成長してしまったのか？」

「くっ、小さい頃の話は、恥ずかしいのでお止めください！」

よよよっと泣き真似するエルネアさんに対して、顔を赤くして声を荒らげるアルティアさん。

旅の間では見なかったアルティアさんの表情に、エルネアさんとの関係性が見えた気がした。

「とりあえず、この客室はそのまま二人が使うとよい。それから――」

エルネアさんがアルティアさんの腰にぶら下がるランタンに目を向ければ、ランタンに宿るファウザードも声を出す。

『久しいな、ハイエルフの女王よ。息災であったか？』

「妾は、この通り変わらずじゃ。それより、面白い物に宿っておるな」

『魔女殿が用意してくれた依代《よりしろ》だ。力も回復するから存外に便利だぞ』

エルネアさんとファウザードは、知り合いのように気安く話している。

まぁ、先程の話を聞く限り、エルネアさんは２０００年を生きるハイエルフで、ファウザードが封印されるより３００年前には、エルフの国に契約者と共に居たのだ。

どこかで面識があったのかもしれない。

そして、そんな会話をしていたエルネアさんは、神妙な顔をする。

「すまぬな。行方が分からぬと知りながら、見つけることができずにいた」

『構わぬ。それよりも我の契約者の血縁者には、会えるのだろうな？』

エルネアさんの謝罪を特に気にした様子もなく流すファウザードに、エルネアさんは、小さく苦笑を浮かべて頷く。

「うむ。ファウザードの希望通りに、近日中には面会の手筈を整えよう」

『ならば、待たせてもらおう』

「そういうわけじゃから。チセとテトもファウザードが契約者の血縁者と会うまでは、部屋でゆっくりとしているといい」

そう言ってエルネアさんは、アルティアさんとファウザードを連れて、部屋から退室する。

後には、私を離さずに抱きついてくるテトが残る。

「ぐすん……魔女様、居なくならないでほしいのです」

「大丈夫よ。それより、テトが無事で良かったわ」

「テト、頑張ったのです」

話を聞くに、アルティアさんが乗っていたスレイプニルに二人乗りして、一昼夜掛けて走り続けてここまで来たらしい。

「本当は、すぐに魔女様を捜したかったのです。でも、魔女様ならって考えて、ここまで来たのです」

「ええ、頑張ったわね。よく判断を間違えなかったわ」

テトを褒《ほ》めれば、やっと泣き顔から笑みに変わり、私に抱きついたまま眠りに落ちる。

テトまで二重遭難することを思えば、テトを引き留めて確実な方法を選んでくれたアルティアさんには感謝しかない。

そして、エルネアさんが私を早くに迎えに来てくれなければ、テトとこうして朝早くに再会できなかっただろう。

二人に感謝しながら眠るテトの髪を手櫛で梳き、テトが起きるのを待つのだった。

# 17話【ファウザードの新たな契約】

大森林のエルフの国――エルタール森林国の首都に辿り着いた私は、テトと合流してエルネアさんの宮殿に滞在していた。

この大森林に訪れる切っ掛けとなった、火の上級精霊のファウザード。

彼に、契約者の孫娘と会わせるため、宮殿では準備が行なわれていた。

そして、今日――ノックされた部屋の扉を開けると、エルネアさんたちが立っていた。

「チセとテトよ。恙《つつが》なく過ごして居るかのう？」

「ええ、昨日も宮殿にある美術品を色々と見させてもらったわ」

「色々と美味しそうだったのです！」

滞在している間、私とテトは、エルネアさんの宮殿にいるエルフの使用人たちに案内してもらい、宮殿内の美術品を見て暇を潰させてもらった。

客人に見せられる範囲ではあるが、エルフの国の陶器や木像、大森林に現れた恐ろしい魔物の剥製、魔石のトロフィー、森の中で見つかった琥珀の原石など……。

時にはテトと一緒に意味の分からない美術品に首を捻ったり――

美味しそうな魔石に目を輝かせるテトを美術品から引き離したり――

私の好みにあった美術品と似た物はどこで売っているのか使用人たちに聞いたり――と中々に面白い経験をさせてもらった。

「おー、それはよかった。妾は、とんと物には興味がなくてのう。とは言え、２０００年も生きておれば、それなりの数を献上されたり、妾自らの成果を当時の補佐官たちがせっせと拵えたんじゃ」

カラカラと笑うエルネアさんの話を聞いていると、どうやら、宮殿で見た魔物の剥製や魔石のトロフィーは実際に彼女が倒した魔物をああして飾っているようだ。

「どうせ飾るだけの魔石じゃ。欲しければ譲るが……」

「本当なのですか⁉　なら、欲しいのです！」

「エルネア様、お止めください！　あの魔物の剥製と魔石は、エルネア様の実力を知らしめるための抑止力なんですよ！」

テトに魔石を譲ろうとするエルネアさんを、後ろに控えていたアルティアさんが止める。

ハイエルフの女王と言っても、時にはエルネアさんを見くびるエルフが現れるようだ。

そんな時、この恐ろしい魔物の剥製と魔石を見せることで、その魔物を討伐するだけの武力がエルネアさんにあるのだ、と知らしめているようだ。

「ですから、気軽に譲るなどと言うことはお止め下さい」

「テトも欲しいなんて言って、ごめんなさいなのです」

こんこんとエルネアさんに説教するアルティアさんの姿に、テトもしょんぼりしながら謝っている。

説教を受けているエルネアさんも、自分の物をどう扱おうが勝手だろう、と言うようにふて腐れた態度を取っている。

『ゴホン……そろそろ用件に入りたいのだが』

そんなエルネアさんとアルティアさんのやり取りを、ランタンに宿るファウザードが咳払いして止める。

そして、ファウザードに促されるエルネアさんに、私からも本題を話すように切り出す。

「それで、エルネアさんたちは用があって来たんでしょ？　ファウザードを連れているってことは、契約者の血縁者に会う準備が整ったの？」

私がそう尋ねると、エルネアさんは深く頷いた。

「その通りじゃ。ようやく血縁の者が到着して、会う手筈が整ったから呼びに来たんじゃよ」

「また、契約者のお孫さんも、ファウザード様を助けて下さったチセ様方に一言お礼を言いたいそうです」

『荒ぶる我を鎮めてくれた其方《そなた》らにも同席して欲しいのだ』

エルネアさんとアルティアさん。そして、ファウザードの順番で掛けられる言葉に、私とテトは頷く。

「分かった。同席させてもらうわ」

「ならば、最後まで見届けるのです！」

「ならば、応接室に案内しよう」

私とテトの言葉を聞き、エルネアさんが応接室に案内してくれる。

しばらくそこで待っていると、部屋の扉がノックされた。

「お待たせしました。精霊術士・ローウェルが孫のロロナと申します」

宮殿の侍女に案内されて部屋に入り挨拶してきたのは、全体的に色素が薄く小柄なエルフの女性だった。

目は閉じたまま、しきりに長い耳が縦に小刻みに揺れている。

「よくぞ参ったな、ロロナよ」

「いえ、エルネア様がお呼びとあらば、駆け付けます」

そう言って、宮殿の侍女の介助を得ながらソファーに座るエルフのロロナさん。

「其方のところに連絡を送った通り、そちの祖父が契約しておった上級精霊のファウザードが見つかってな。こやつが火の上級精霊のファウザードじゃ」

『初めましてだな。我は、其方の祖父《じい》のローウェルと契約していた精霊だ』

「お初にお目に掛かります。お祖父さまから色々と伺っております」

『……』

「……」

机に置かれたランタンから響くファウザードの声とロロナさんが顔を付き合わせるが、会話が続かずに、沈黙が下りる。

互いに色々と話したいのだろうが、いざ対面すると困惑しているようだ。

「なんじゃ、会って話したいと言うのに、黙りおって。積もる話は二人っきりの時にでもすると良い。それよりも、ロロナよ」

「えっ？　あっ、はい。エルネア様」

「こちらの二人は、そこなランタンに居座るファウザードの封印を解き、暴走を止めた者たちじゃ。故にロロナが作った【精霊札】を渡して欲しい」

エルネアさんがそう切り出すと、ロロナさんは立ち上がって、ゆっくりと私たちに会釈してくる。

「私は、エルフの巫女を務めさせていただいております。ロロナと申します」

「私は、魔女のチセよ。よろしくね」

「魔女様の守護者のテトなのです！」

そうして自己紹介の後、私が握手のために右手を差し出すと、ロロナさんも同じように握手しようと手を差し出してくれるが、何度か空を切って掴めない。

「あ、あれ？　おかしいですね。チセ様の魔力を感じられないから上手く握手できません」

「ごめんなさい。普段は、魔力を抑えているから分からないのね」

少しだけ魔力を放出すれば、私の魔力の輪郭をハッキリと捉えられたのか、今度はしっかりと手を捉える。

「ロロナさんは、目が不自由なの？」

「はい。生まれ付き目が見えないのですが、魔力や精霊たちを感じられるので特に不便はありませんよ」

そう言って微笑むロロナさんは、テトとも握手をする。

「ファウザードを助けた礼に、チセたちには、この地の精霊たちから祝福を受けた木札を授けることにした」

「精霊の祝福を受けた木札？　それは、どういうものなの？」

私がエルネアさんに問い返すと、ロロナさんが赤い布に包まれた木の札を二つ取り出して並べていく。

「エルネア様からお呼びされると共に、こちらの準備をお願いされたのです」

世界樹の木片から作られ、更に魔法的な刻印が施されたそれは、一種の魔導具のようだ。

「精霊たちによって守護されたこのエルタール森林国では、招かれざる者は多くの精霊によって妨害される。じゃが、巫女であるロロナを通して精霊に祝福された木札を持つ者は、精霊からの妨害を受けぬのじゃ」

あとは、各々の魔力を通して専用化するだけじゃ、とエルネアさんは言う。

まるでギルドカードだ、と思いながらも私とテトは、木札を一枚ずつ受け取る。

そして、木札に自身の魔力を通していくと色が変わり、重さは木材のままなのに金属のように硬くなった。

「おめでとう。これでチセたちは、エルタール森林国を自由に行き来できるようになった」

そう言ってニヤニヤと楽しげに笑うエルネアさんだが、なんとなくその真意が読み取れる。

「私たちが、気軽にエルネアさんの所に遊びに来られるようにってこと？」

「バレたか」

私たちが【精霊札】を持っていれば、【転移門】で気軽にエルタール森林国を訪れることができる。

更に、この場所には、同じ不老のエルネアさんも居るのだ。

「エルネア様。あまり外部の者に渡すと、大森林の防衛に障ります」

「なんじゃ？　困った時に強力な助っ人を呼べると考えれば、利点でもあるじゃろ」

「それでもです！　もう少し慎重に渡して下さい！」

小言を言うアルティアさんと、それを飄々《ひょうひょう》と受け流すエルネアさんの様子をロロナさんがニコニコと楽しげに聞き入っている。

そして、この場の集まりは解散となる際、ファウザードが宿るランタンはロロナさんが連れて帰るそうだ。

後日、ファウザードとロロナさんのその後を聞いた。

契約者だった祖父のローウェルさんの話をすることができ、その思い出に浸る中で、孫であるロロナさんの行く末を見守るために、ファウザードはロロナさんと新たな契約を結んだそうだ。

# 18話【エルフの首都で町歩き】

ファウザードを引き渡した際、ロロナさんが用意してくれた【精霊札】を受け取った私とテトは、大森林から【創造の魔女の森】のベレッタに通信魔導具で連絡を取った。

「おおっ、繋がったのです！」

「ベレッタ。通信は良好？」

『はい。通信魔導具での会話は良好です』

大森林を防衛するために、精霊たちによって転移魔法や通信魔法が妨害されている。

私とテトも【精霊回廊】によって引き離された時、合流しようと【転移門】や通信魔導具を使おうとしたが、精霊たちに妨害されて使用できなかった。

それもロロナさんが渡してくれた【精霊札】のお陰で、こうして邪魔されずにベレッタと通信できるのだ。

そのことに感動する私たちに、通信魔導具の水晶玉越しに映るベレッタが少し不思議そうな顔をしながら、こちらの様子を問い掛けてくる。

『それでご主人様たちは、既にエルフの国に辿り着いたのでしょうか？』

なので私たちは、大森林からアルティアさんが迎えに来たことから話し始める。

途中でテトが補足を入れつつ、ベレッタが通信魔導具越しに相槌を打ち、そして一通りの話が終わった。

『――そうですか。そのようなことがあったのですね』

「ええ、ちょっとしたトラブルはあったけど、大森林のエルフの国に辿り着いて、ファウザードも引き渡すことができたわ」

大森林に訪れるという目的は果たしたので、その後の予定がなくなってしまった。

『それでは、一度こちらにお帰りになりますか？』

「そうね。閉鎖的な国だから、気軽に観光はできないし、近々一度帰るわ」

「町でお土産を買いに行けないのは、残念なのです」

「その内エルネアさんに、町に行けるようにお願いしましょう」

折角来たエルフの国を観光せずに帰ることに、しょんぼりするテトを私が宥《なだ》める。

『それでは、お二人のお帰りを、楽しみにお待ちしております』

会話が終わり通信を切ると、部屋の扉がノックされた。

「チセとテトよ。今は、暇かのう？」

扉を開けると共にそのように聞いてくるエルネアさんに私は、言葉を返す。

「暇と言うか、エルフ以外の人種がこの地をホイホイと出歩けないでしょう？」

エルネアさんの宮殿に滞在させてもらっている間、宮殿内の美術品などを見させてもらったが、外に出られない以上暇を潰すにも限りがある。

エルネアさんやアルティアさんのような、立場のある人が同行してくれるなら問題ないが、そう軽々と外には出歩けない。

「妾は、これから視察で町に出るから二人も連れ出そうと思ってのう」

「視察が建前で、本音はお二人を観光させるためです」

エルネアさんの言葉の後に、アルティアさんが深い溜息を吐き出す。

どうやら、エルネアさんがエルタール森林国の首都を案内してくれるようだ。

「嬉しいのです！　テト、ベレッタたちにお土産いっぱい買って帰るのです！」

「でもいいの？　忙しいんじゃない？」

テトは町を見て回れることを純粋に喜んでいるが、私はエルネアさんの仕事のことを心配する。

いくら建前で視察と言っても、エルネアさんはこのエルフの国の女王なのだ。

普段から仕事があるのでは、と思うが……

「エルフの長老衆や有望な若手たちに色々と任せても問題ない。そもそも、妾が出張らぬことこそ、真に正常な状態よ」

「補佐官である私としては、もっとエルネア様には女王らしくして欲しいのですが……」

「不老に至る人間って、大体そんなところがあるのかしらね？」

エルネアさんも私と同じように、女王として君臨はするが積極的な統治はしないようだ。

それに、突出した能力を持つ私やエルネアさんのような存在がいつまでも現場に居たら、若手が育たない。

そういう意味では、今の形は正しいと思う。

「さて、無駄話はこれくらいにして町に行くとしよう！　チセとテトは、どこに行きたい？」

「どこに何があるか分からないから、町中を歩きながら教えて欲しいかな」

「魔女様は本が大好きなのです！　それとテトは美味しい物が好きなのです！」

「ならば、物を売っている場所をぶらりと回るとするかのう」

そうして、エルネアさんとアルティアさんによって宮殿から連れ出された私とテトは、そのままエルフの都市を見て回ることになった。

昼間ということで町の往来には人が集まっており、エルネアさんを見かけたエルフたちが頭を下げて明るく挨拶する。

「皆の者、元気にしておるかのう？　今日は、妾の客人を持て成すために町に来た」

そう言って町の人たちに挨拶をするエルネアさんに、エルフの人たちが集まってくる。

エルネアさんが集まってきた人たちを和やかに宥めると、彼らも心得ているのか、すぐに引いていく。

その後、商店街らしき場所に辿り着くと、そこでも商店の人たちがエルネアさんを快く歓迎してくれている。

『エルネア様、いらっしゃいませ！　ぜひ、うちのお店に寄って下さいよ！』

『いえいえ、うちのお店にもお願いしますよ！』

『おめぇの店は、武器屋だろ！　武器を持たねぇエルネア様には不要だろ！』

『それより、今年の新しい魔蚕《まかいこ》の絹ができましたから、ぜひ一着仕立てませんか？』

店先からそんな言葉が飛び交い、苦笑するエルネアさんは、私たちに振り返る。

「さて、チセたちは、どこの店に寄りたい？」

「そうね。まずは――『グーッ』――今の音は……」

私が商店街を見回して入る店を選んでいると、テトからお腹の虫が鳴く音が聞こえる。

「えへへへっ、ちょっとお腹が空いたのです」

そして、少し恥ずかしがるテトに私も小さく笑い、最初に入るお店を決めた。

「ここら辺で、エルネアさんたちのオススメの食べ物屋はないかしら？」

「それなら、妾がオススメの店に案内しよう！　ついでに妾が奢ろうぞ！」

「残念だけど、友人にお金の貸し借りはなしでお願いね。ちゃんと自分たちで払うから」

そうして、エルネアさんの案内でエルフの国の甘味処に入った。

大森林という土地柄から、豆や木の実を使ったお菓子が多く、ナッツとドライフルーツ、そしてメープルシロップのタルトをドングリコーヒーと一緒に食べるのは、美味しかった。

コーヒーなんて【創造魔法】で創り出す以外に口にしてなかったから、創り出した物とは違う風味が新鮮だった。

これはこれで美味しかったので、ドングリコーヒーの粉を二瓶ほど購入する。

そうして腹拵えした後は、エルネアさんと一緒に色んな場所を観光して、大いに楽しんだのだった。

# 19話【大森林と繋ぐ転移門】

エルネアさんの案内でエルフの町を見て回った。

「色々と面白い物が見られて良かったわ」

「魔女様、凄い楽しそうだったのです」

エルフたちは魔法が得意な種族と言われるだけあって、人間の町よりも洗練された魔導具のお店を見ることができた。

他にもエルフたちの信仰する精霊をモチーフにした髪飾りやアクセサリー、生活雑貨、民芸品などが売られており、単純に見て楽しい。

また、薬学にも精通しているために、薬屋に立ち寄れば今までに見たことのない素材やそれを使った薬などが売られていた。

まだ町は回りきれていなかったが、夕暮れが近づいてきたので、エルネアさんと共に宮殿に帰ってきた。

る。


「はぁ、今日は終わりね。エルネアさん、案内してくれてありがとう」

「今日は、楽しかったのです。でも、魔女様の好きな本は見られなかったのです」

「時間が足りなかったし、仕方がないわよ」

満ち足りた気持ちと名残惜しさが合わさった溜息を零す私とテトに、エルネアさんが提案してくれる。

「ならば、もうしばらくこの地に滞在するかのう？　妾は一向に構わぬぞ」

まだまだ大森林を案内し足りない、という雰囲気のエルネアさんに私は苦笑する。

「そうね。それも楽しそうだけど、私とテトは、もうそろそろ帰ろうと思うわ」

「ベレッタやみんなが、魔女様の帰りを待っているのです！」

私とテトの言葉にエルネアさんは、少し寂しそうな表情を浮かべる。

「……そうか。寂しくなるのう」

そんなエルネアさんに、今度は私から提案する。

「エルネアさんも私たちの【創造の魔女の森】に遊びに来る？」

「それは、いい考えなのです！　テトもみんなにエルネアさんを紹介したいのです！」

「お主ら……何を言っておるんじゃ？」

テトも私の提案に賛成してくれる中、戸惑うエルネアさんが疑問を投げ掛けてくるので、私は答える。

「エルネアさんが渡してくれた【精霊札】があれば、【転移門】で【創造の魔女の森】と大森林を繋いで行き来できるでしょ？」

「そうしたら、エルネアさんも魔女様に会いに来られるのです！」

「……妾が他の土地に出向くなんて、考えたこともなかった」

予想外の選択肢にエルネアさんは、唖然としている。

私もエルネアさんとの縁は大事にしたい。

だが、一方的に負担になることはしたくないのだ。

同じ不老の人間だからこそ、特に理由もなく歓迎され続けることには、引け目を感じる。

エルネアさんの好意でずっと居候を続けるのは、心苦しいし、お金を稼ぐこともしないで遊び倒すだけでは、心の底から楽しめないと思うのだ。

それじゃあ、エルフの国で働いて稼ぎ、遊ぶというのも少し違う。

外から来た私たちが、頼まれた訳でもないのにエルフの国で働くこと自体が周りに迷惑を掛ける。

だから、自らの土地で普段通りの暮らしをしつつ、互いに行き来し合う関係ならば、これからも仲良く付き合えると思ったのだ。

それに――

「チセよ。ただ妾を案内したいだけだが、理由ではないじゃろ」

呆気に取られていたエルネアさんだが、すぐに真剣な表情で問い返してきた。

「そうね。本音としては、エルネアさんたちから見た【創造の魔女の森】を評価してほしいのよ」

【創造の魔女の森】に植えられた世界樹や森の状態の評価、いずれ消え去る女神リリエルが張った大結界に変わる土地の侵入者対策の伝授など、色々なことを教わりたいのだ。

私がそのことを率直に伝えると、エルネアさんは真剣に考えてくれる。

「世界樹に関しては、妾たちも協力しようぞ。土地の防衛に関しては、妾たちの方法をそのまま取り入れるのは難しいじゃろうな。まずはチセたちの土地に合わせた形を模索することになる」

そして、今度はエルネアさんの方からも要望が出る。

「妾の方からも頼みがある」

「頼み、って何かしら？」

「本当はもう少し仲を深めてから頼みたかったが、チセたちの持つ世界樹の種を分けてはくれぬか？」

思いも寄らない頼み事に、今度は私が困惑する。

「いいけど、どうして世界樹の種が必要なの？」

「大森林にも大きな世界樹があるのです！」

今も宮殿の窓から外を見れば、巨大な世界樹を見上げることができる。

「妾たちの世界樹は、既に種を作る能力を失っておる」

長い年月を生きてきた老化か、それとも別の理由か。

定かではないが、大森林の世界樹は種を作れなくなっているらしい。

「なるほど、そう言う理由なのね。それなら、はい。世界樹の種」

マジックバッグを漁れば、ゴロゴロとした胡桃ほどの大きさの【世界樹】の種が出てくる。

「むむっ、妾たちエルフが喉から手が出るほど欲しい物をこうもあっさりと。もう少し交渉して妾たちから利益を引き出すべきじゃと思うが……」

「別に構わないわ。【創造の魔女の森】を歩けば沢山拾えるし。それに万が一に【創造の魔女の森】の世界樹が全て失われても、大森林でエルフの人たちが育ててくれれば、世界樹は残り続けるでしょ」

それに世界樹が増えれば、世界樹から発せられる魔力によって周辺の魔力濃度が高まる。

世界中に魔力を行き渡らせるのは、女神リリエルたちの願いにも合致するのだ。

「……チセよ。感謝する」

ただ短い言葉に真摯な感謝の気持ちを籠めるエルネアさんに、私は気恥ずかしさを感じる。

「はぁ、今日はゆっくりとエルフの町を見て回るつもりが、結局はお仕事の話をしていたわね」

私の呟きに、エルネアさんも真剣な表情を崩して共に苦笑を浮かべる。

「仕事とは、そういうものじゃ。軽い世間話から入って、互いに打ち解けたところで本題に入るものよ」

まぁ、確かにその通りではある。

いきなり現れた相手からお願いを聞いたりしないし、お願いしたりもしない。

そして、そんな仕事モードな私たちにテトから優しい言葉が掛けられた。

「テトは、魔女様とエルネアさんたちとお出掛けできて楽しかったのです。今度は、テトが案内してあげるのです！」

テトのその言葉に、互いの要望を叶えようと話をしていた私とエルネアさんもちょっとだけほっこりとする。

「さて、話も大体決まったところじゃ。チセたちの客室に、転移魔導具を置くなり好きにするがいい」

「ありがとう……とりあえず客室に、【転移門】を置かせてもらうわね」

「それじゃあ、エルネアさんたちを歓迎できるようにベレッタたちと準備するのです！」

「楽しみにしておるぞ」

エルネアさんは、そう言って私たちが泊まっている客室まで案内してくれる。

私は、マジックバッグから取り出した【転移門】を置き、今日のエルネアさんとの話を伝えるために【創造の魔女の森】に帰るのだった。

# 20話【古竜と妖精女王の昔話】

転移門を通じて【創造の魔女の森】に帰ってきた私たちは、出迎えてくれたベレッタに、エルネアさんたちをこの地に招待したいことを伝える。

『……ハイエルフの女王を招待ですか』

私とテトの説明に、ベレッタが思案げな顔をして話を聞いてくれる。

「私が世界樹の種を提供する代わりに、大森林での侵入者対策を教えてもらうつもりなの。だから、その辺りの調整をしつつ、招待の準備をお願いできる？」

「エルフの町を案内してくれたお礼をするのです！」

『畏《かしこ》まりました。招待と技術交流の準備をしておきます』

ベレッタたちメイド隊に任せておけば安心だ。

少し気を抜くが、私ばかりが楽をしていられない。

『こうしてご主人様が無事にご帰還しましたので、ぜひ皆に元気な姿を見せてやって下さい』

旅に出てからの約2年間では【転移門】で屋敷に一時帰宅していたが、住人たちには顔出ししていない。

そのために、住人たちは私たちの帰りを楽しみに待っている。

「あー、そうね。分かったわ。色々な所に顔を出してくるわ」

「テトも久しぶりにみんなの姿が見たいのです！」

私たちにとって2年は短いが、人が変化するには十分な時間である。

屋敷に帰ってきた私とテトは、翌日から方々の集落に顔を出すことにした。

『——あっ、魔女様、お帰りなさい！』

『——魔女様、お久しぶりです。新しく生まれたこの子たちを見てやって下さい！』

『——おねえちゃんたち、だれ〜？』

各集落を巡れば、私たちが帰ってきたことを知った住人たちが次々と挨拶をしてくれる。

それと同時に、新しく生まれた子どもたちに私たちも挨拶をしていく。

「みんな、元気そうで良かった」

「それに、新しい子たちも生まれていたのです！」

毎日では、日々の変化は感じられなかっただろう。

だが、2年振りの【創造の魔女の森】は、確かに変化していた。

こうした気付きがあるからこそ、旅は楽しいのだと感じた。

そうして各集落を巡る中で、古竜の大爺様の住処である洞窟にも訪れた。

『おお、魔女殿と守護者殿。久しいのぅ、息災であったか？』

「古竜の大爺様、お久しぶりです」

「久しぶりなのです！」

『どのような旅をしたのか、この老いぼれに聞かせてはくれぬか？』

私とテトが古竜の大爺様にも挨拶をすれば、古竜の大爺様は、私たちの旅の様子を聞いてくる。

そんな古竜の大爺様に私たちは、この2年ほどの旅の話を語る。

アルサスさんたちのお墓参りをしたことや、家馬車を作ってのんびり旅を続けたこと、サンフィールド皇国まで足を運び、エルフの大森林で新たに友誼《ゆうぎ》を結んだ人がいることなどを伝えた。

ベレッタには通信魔導具で定期連絡をしており、それ経由で知っていることもあるだろう。

だが、古竜の大爺様は、とても興味深げに私たちの話を聞いてくれる。

『それで魔女殿たちは、大森林の幻獣たちと会っただろうか？』

「スレイプニルや、大森林を横断する途中で近寄ってきた幻獣たちにも会えたわ」

「その内、他の幻獣たちも見せてもらえたら嬉しいのです」

互いの土地の行き来の中で紹介してもらえたらいいな、などと希望を呟くと、古竜の大爺様は何度も頷いている。

『それで、大森林の友誼を結んだ相手とは、どのような者たちなのだ？』

「大森林に住むハイエルフの女王です」

「エルネアさんは、とてもいい人なのです！」

私とテトが答えると、古竜の大爺様は、少し遠い目をして呟く。

『ハイエルフの女王殿かぁ……』

「もしかして、古竜の大爺様は知っているの？」

『直接会ったことはないが、ワシが浮遊島を浮かせる前から、世界樹を擁する大森林には『妖精女王が住んでいる』などの噂があった。もしも、その妖精女王がハイエルフの女王殿ならば、ぜひワシも挨拶をしたいのぅ』

ハイエルフの女王に興味津々な古竜の大爺様に、彼女を紹介することを約束する。

そして、私たちは【転移門】でエルタール森林国の宮殿に戻り、エルネアさんに【創造の魔女の森】への案内や話し合いの日程を調整する。

その中で、古竜の大爺様がエルネアさんたちに会いたいことを伝えた。

「なんじゃ？　妾たちに会いたいと申す者がおるのか？」

「ええ、幻獣に対してとても親身で私もお世話になっている相手が、エルネアさんたちに挨拶したいんだって」

「とっても、幻獣たちを大事にしているお爺ちゃんなのです！」

私とテトの話を聞いたエルネアさんは、思案げな表情を浮かべる。

「なるほど、大事なチセと関わる相手を見極めたいのは道理じゃのう」

「チセ様がお世話になっているお方ならば、【創造の魔女の森】の重鎮なのでしょう。エルネア様も一度挨拶は必要かもしれませんね」

考え込むエルネアさんにアルティアさんが、古竜の大爺様に挨拶するのを同意してくれる。

ただ——

（ハイエルフの女王殿には、ワシが古竜であることは内密にのぅ。どのような反応をするか、楽しみじゃわい）

などと言って、私とテトに正体を口止めした古竜の大爺様の茶目っ気に少し不安になる。

「わかった！　ならば、チセたちの土地を見て回る前に、その者にも挨拶をするのが筋じゃな！」

古竜の大爺様との面会の約束を取り付けた私たちは、それから【創造の魔女の森】を案内する日時を決めた。

そうこうしているうちに当日になり、私とテトは【転移門】の置かれた宮殿の客室で、エルネアさんを待っていた。

宮殿の廊下が騒がしくなり、エルネアさんがバーンと勢いよく扉を開く。

「さぁ、チセよ！　約束通り、妾たちをそなたらの森に案内するがいい！」

「エルネア様！　そのような振る舞いはお止め下さい！」

相当この日を待ちわびていたようだ。

そんな彼女をアルティアさんが止めようとしながら客室に入ってくるが、エルネアさんは今か今かとソワソワしている。

そんなエルネアさんの後ろでは、エルネアさんの暴挙を止められなかったアルティアさんが申し訳なさそうにこちらに頭を下げてくる。

「まぁ、エルネアさん相手なら仕方がないわよ。実力で止められるわけないし……」

「世界樹が数多に生え、幻獣が住まう地をじっくりと見て回れるのじゃぞ！　楽しみ過ぎて、早く目が覚めてしまった！」

子どもか、と私がジト目を向けて内心ツッコミを入れる。

「その前に、チセ様がお世話になっているお方への挨拶が大事です！　きちんと相手の不安を解きほぐして下さいね」

浮かれたエルネアさんにアルティアさんが真剣に忠告するが、当のエルネアさん自身は楽しそうにしている。

これで2000歳を超える不老のエルフの女王なのだから、精神的に若々しい。

あるいは、長い年月を生きると細かな時間や予定には頓着しなくなるのだろうか。

「時間はちょうどだし、【転移門】でエルネアさんたちを案内するわ」

「魔女様のお屋敷で大爺様が待っているのです！」

早速、私たちは、【転移門】を通してエルネアさんたちを【創造の魔女の森】の屋敷に連れて行く。

「ここが、チセ様方の【創造の魔女の……」

そして、【転移門】を抜けた屋敷側に出たアルティアさんは、周囲を見回し、目の前に居る存在に固まってしまう。

対になる【転移門】は屋敷の裏手の広場に置かれ、その前には、エルネアさんたちと会うことを希望していた古竜の大爺様が待ち構えているのだ。

今日の日のために、竜魔族のみんなによって磨き上げられた鈍い青緑色の鱗を輝かせ、首を伸ばして【転移門】から出てきたエルネアさんたちを見下ろしている。

「おおっ⁉ チセよ。まさか、あの存在は――」

「――っ⁉ ド、ドラゴン⁉」

エルネアさんは、目の前に居た古竜の大爺様を見上げ、【転移門】から出た直後に不意に遭遇したアルティアさんは、軽いパニックを起こしている。

「大爺様！ 連れてきましたよー！」

「ちょ！ チセ様！ ドラゴンに気付かれちゃいます！」

「アルティアよ、落ち着け。ただの知性なき竜ならば、この地には居らぬ」

混乱するアルティアさんをエルネアさんが落ち着けながら、私と共に、古竜の大爺様に近づく。

そして、エルネアさんと古竜の大爺様の視線がぶつかり合う中、僅かな沈黙が下りる。

そんな様子に腰を抜かしたアルティアさんを宥《なだ》めるために、私とテトが寄り添う。

そして、しばしの沈黙が過ぎて、古竜の大爺様から口を開いた。

『よく来たのぅ、妖精女王とダークエルフの従者よ。ワシは――緑青の古竜。今は、この地でワシの子らを見守って過ごす老いぼれの古竜じゃ。皆からは『古竜の大爺様』と呼ばれておる』

「妾は、ハイエルフの女王のエルネア。時に、古竜殿は、大昔に東の半島で幻獣たちを守護していた古竜ではないだろうか？」

エルネアさんは、古竜の大爺様にそのような疑問を投げ掛ける。

古竜の大爺様が半島を空に浮かべて浮遊島に変えたのは、今から１２００年以上前の話だ。

『やはり、そのことを覚えているということは、当時から噂された妖精女王はそなたなのだな』

「いかにも！　妾はこれでも２０００年を生きておる！」

互いに何やら納得した二人は、おかしそうに笑う。

「何とも愉快な縁だ！　当時は、風の噂で聞くだけで互いに土地を離れることができぬ身。半島を空に浮かべて去って以降、噂が途切れた相手だったが、こうして巡り合うとはのう」

『そうじゃな。ワシもこうして出会うことはないと思っていたのに、魔女殿が繋げてくれた縁には、感謝したい』

そう言ってエルネアさんと古竜の大爺様から向けられる視線に恥ずかしくなり、顔を隠すようにローブのフードを摘まむ。

そんな和やかな二人の会話に、腰を抜かしていたアルティアさんも少しずつ落ち着きを取り戻す。

「それで、古竜の大爺様がエルネアさんに会いたい、って言っていたのには理由があるの？」

最初は古竜の大爺様の登場に驚いていたエルネアさんだが、すぐに打ち解けて陽気に話し合う中で、
私は、古竜の大爺様がエルネアさんに会いたがった理由を尋ねる。

そして、大爺様は少しだけ遠くを見つめるように答えてくれる。

『浮遊島の頃に、島から足を滑らせたり、大地を目指して自ら飛び降りた幻獣たちが居った。幻獣たちが降り立つ近くで生きるのに適した場所は、世界樹のある大森林しか心辺りがないのでな。もしかしたら、ワシの守っていた子らについて知っていることがないか尋ねたいのじゃ』

ローバイル王国の近海の上空を巡回していた浮遊島は、十数年周期で陸地に近づいていた。

その時期に、浮遊島から飛び降りて陸地を目指した幻獣たちが居たのだろう。

浮遊島から飛び降りた幻獣たちのその後は、古い昔話などで大体は把握している。

だが、より詳しく知っていそうなエルネアさんに会いたかったのだろう、と納得する。

「確かに、東の半島が空に消えて以降、浮遊島が近づく時期には、幻獣が見つかることがあった。妾たちも見つけ次第、保護しておった。中には、自力で大森林まで辿り着き、いつの間にか子どもまで作って居着いた奴が居たのには驚いたのを覚えておる」

カラカラと当時を思い出したエルネアさんが楽しそうに笑う。

それに釣られて、古竜の大爺様もククク ッと愉快そうに笑う。

新天地を目指して、途中で力尽きたり、人や魔物に襲われて亡くなった幻獣たちは居ただろう。

だが、浮遊島から無謀にも思える旅立ちを果たした幻獣たちが、大森林で生きて子孫を繋いでいたことを今更でも知れたことが嬉しいのかもしれない。

『妖精女王――いや、エルネア殿。幻獣たちを保護して頂き、感謝する』

「気にするでない！　幻獣たちは妾たちにとっても大事な隣人、助けるのは当然のことじゃ！」

古竜の大爺様は、エルネアさんの人柄を認めて、住処の洞窟に帰っていく。

「いやはや、心底敵には回したくない御仁じゃのう」

そんな大爺様を見送りながらエルネアさんは、そう呟くのだった。

# 21話【妖精女王が遊びに来た】

不意打ちでの古竜の大爺様との顔合わせは、無事に終わった。

古竜の大爺様が飛び立った後、私は屋敷で待ってもらっていた幻獣のグリフォンを呼び寄せる。

「ほぉ、妾たちの出迎えはグリフォンか。中々に立派な子じゃな！　ほれ、愛《う》いやつ、愛いやつ」

感嘆の声を零したエルネアさんがグリフォンに手を伸ばし、首筋を掻くように撫でれば、グリフォンは気持ち良さそうに目を細めている。

エルネアさんもハイエルフとして膨大な魔力を持っているので、魔力を糧にする幻獣たちから好かれているのかもしれない。

「一応、小国程度の土地って言っても徒歩でなんて回りきれないからね。空を飛べる幻獣の子にお願いして来てもらったのよ」

「テトたちは、魔女様の杖に乗って移動するのです！」

「アルティアも連れて行かねばならぬし、幻獣の背に乗るのは久しいのう」

そう言って目を輝かせるエルネアさんは、膝を曲げて座ったグリフォンの背に乗り、その後ろにアルティアさんが恐る恐る跨がる。

「それじゃあ、いくわよ。――《フライ》！」

そして、杖に乗った私とテトがふわりと浮かび上がると、その後を追ってエルネアさんたちを乗せたグリフォンも羽ばたいた。

そんな私たちを、地上でベレッタたちが見送ってくれる。

「ふむ。こう改めてチセの森を見ると、まだまだ若いのう」

「そりゃ、まだできて１００年も経ってないからね」

「でも、魔女様とテトの自慢の森なのです！」

エルネアさんの治めるエルタール森林国がある大森林は、樹齢数百年を超す木々が生え、日の光が遮られた陰樹の森が大部分を占めていた。

代わりに巨木の枝葉の下では、魔力の光が降り注ぎ、それが日光の代わりとなっている場所もある。

対する【創造の魔女の森】は、まだ森自体が若いために草原や伸び伸びと木々が成長する里山のような陽樹の森となっている。

「まずは、世界樹を見に行こうぞ！」

「なら、一番大きな世界樹の所に行きましょう！」

私とテトが乗った杖が先導しつつ、私たちが最初に植えた世界樹に向かう。

「おおっ！　こちらも若いが、良い世界樹じゃな。妾たちが預かった世界樹の種も、このように立派になるのであろうな」

しみじみと呟きながら世界樹の周りを回っていると、何かを見つけたようだ。

「あれは、なんと珍妙な……」

「ああ、テトの眷属のクマゴーレムたちね」

エルネアさんが笑いを堪えるようにしながら見下ろす先には、テトの眷属であるゴーレムたちが居た。

頭に耳のようなお団子を付けた、ずんぐりむっくりなクマゴーレムの愛称で親しまれるテトの眷属たちが、世界樹の周りを練り歩き周辺の木々を手入れしているのだ。

テトの眷属であるクマゴーレムやアースノイド、土精霊たちによって管理された森は、果樹や山菜、キノコなどが自生する実り豊かな森になっているのだ。

「みんな、働き者なのです！　笑うのは酷いのです！」

「いや、すまぬ……じゃが、あのような珍妙な精霊の眷属を見るのは初めてでのう！　堪えられんかったわ」

普通は厳ついゴーレムなのだが、クマゴーレムたちは非常に愛嬌のある見た目と仕草をするために、子どもたちにも大人気なのだ。

「それにしても、土精霊の気配が強い森じゃ。僅かに植物の精霊の気配も感じるが、他の精霊の気配がしないな」

土精霊の残滓を取り込んだテトの影響が強いからだろうか。

それに植物と言えば、植物系の魔族であるドライアドやアルラウネの存在も影響しているのかもしれない。

「やっぱり、精霊のバランスが悪いといけないの？」

私がエルネアさんに尋ねると、気にしないように明るく笑われる。

「あくまで、今は土の精霊が強いと言っただけじゃ。その内、他の土地から精霊が移り住んだり、この地で死した生物の魂が精霊に昇華したり、魔力の多い場所から自然と産まれたりする」

そう言って、私には見えない世界を見回すエルネアさんは、グリフォンに地上に降りるように指示を出す。

世界樹の周辺に降り立ったエルネアさんは、楽しそうに幻獣たちの住処を見回って、伸び伸びと過ごしていく。

「女神の加護が厚く、魔力も豊富な土地じゃな。幻獣も住まい、世界樹もある。大森林と同じように欲深い人間に狙われるのう」

「だから、大森林の侵入者対策を教えてもらいたいのよね」

「妾たちにとってもこのような土地は貴重じゃ。守るために力を貸そう」

私がそう呟くと、エルネアさんはこちらを安心させるように答えてくれた。

「ありがとう、エルネアさん」

「代わりに、案内の続きを頼むぞ！」

「もちろんなのです！」

私の代わりに返事をしたテトに皆が小さな笑みを零し、世界樹を中心にエルネアさんとアルティアさんを案内した。

そうしてしばらく世界樹の周辺を見て回り、屋敷に戻る途中、エルネアさんたちに感想を聞く。

「満足頂けたかしら？」

「少し物足りないが、今後も何度もお邪魔させてもらう。今日の所はこれで良しとしようぞ！」

「エルネア様、あまりチセ様のところに押しかけるのではなく、こちらから招待することも忘れないでくださいね」

「おお、そうじゃったな！」

私たちもエルネアさんたちのエルタール森林国を見て回りたい。

それを汲み取ってくれたアルティアさんが、エルネアさんに釘を刺してくれる。

「それに、チセ様のお屋敷に戻れば、今度は侵入者対策の話し合いもありますよ」

屋敷に戻れば、【創造の魔女の森】のベレッタたちメイド隊を中心に、侵入者対策の技術や知識の交流も行なわれる予定だ。

「だが、その前に食事をせねばな。この地を夢中で見て回っていたから、食事の時間を忘れておった」

「そう言えば、テトもお腹空いたのです～」

グリフォンの背に乗るエルネアさんが空を見上げれば、太陽は中天を通り過ぎ、やや昼過ぎの時間となっている。

その指摘に、私の後ろに乗るテトもお腹が鳴り、空腹を訴えてくる。

「チセからの食事のもてなしを期待しておるぞ。特に、前に食べたカレーは、美味であった。次も米料理を頼む」

「エルネア様、はしたないですよ！」

期待と共に、遠慮なく米料理を要望するエルネアさんをアルティアさんが窘《たしな》めるが、それも構わずに愉快そうに笑っている。

「うーん。お昼かぁ……エルネアさんが満足するものは何かしら？」

「とりあえず、お家に帰って考えるのです！」

屋敷に辿り着いた私たちは、エルネアさんたちを乗せてくれたグリフォンにお礼を言って、屋敷の厨房に入って私が料理を作ることになった。

「お米のストックは保存庫にあるけど、長々と作る時間はないわよね」

保存庫とは、冷蔵庫と異なり、内部に入れた食材を時間停止して保存できる魔導具だ。

炊き立て状態のご飯が保存されており、他にも、大鍋で作り置きされた料理が保存庫に並んでいる。

どんな料理をエルネアさんに出そうか思案する中、とある料理を見つけた。

「あっ、これなら……」

「あー、テトもそれ好きなのです！」

「じゃあ、これを少しアレンジしましょうか」

保存庫から見つけた食材と料理を取り出し、早速料理を作り始める。

まずは、フライパンにバターを入れて温め、そこに擂り下ろしたニンニクを入れていく。

ニンニクをバターで炒め、香りが立ってきたらご飯を入れて炒め、塩こしょう、彩りのドライパセリを振りかけてバターライスを作る。

その一方で別のフライパンでは、牛乳やこしょうを入れた溶き卵を焼いて半熟オムレツを作り、バターライスを盛ったお皿にオムレツを載せて付け合わせのサラダやスープと共に、エルネアさんたちのところに運んでいく。

「先ほどから食欲をそそるニンニクとバターの香りがしておったが、これがチセの料理か？　ライスの上にオムレツが載っただけとは……」

エルネアさんは残念そうな表情を浮かべ、アルティアさんも困ったように私と半熟オムレツが載ったお皿を見比べているので、私は小さく笑ってしまう。

「これは目で楽しむ料理でまだ未完成なのよ。この半熟オムレツに包丁を入れると――」

バターライスの山に載っかった半熟オムレツを包丁で切ると、半熟ふわとろオムライスができあがる。

　おおっと二人が目の前で変化していく料理の様子を見つめ、テトはスプーンを片手に食べるのを今か今かと待ち構えていた。

「チセよ！　これで完成かのう⁉」

「まだよ。この上に、ハッシュドビーフを掛けて、彩りの生クリームを添えてドライパセリを振りかければ――オムハヤシライスの完成よ」

　目の前で徐々に変化し、完成したオムハヤシライスにエルネアさんが目を輝かせる。

　そして、全員分のオムハヤシライスが完成したところで、いただきますと言って食べ始める。

「んんっ⁉　これは新たな発見じゃ！　ビーフシチューやハッシュドビーフは、特段珍しい料理ではないが、こうしてオムレツやライスと合わせるとこのようになるのじゃな！」

　エルネアさんは、オムレツとバターライスをハッシュドビーフのルーに浸けて美味しそうに食べていく。

　アルティアさんも口に含んだ瞬間に目を見開き、そして黙々と食べていた。

　最後にテトは――

「魔女様、おかわりなのです！」

「あー、バターライスはないから普通のハヤシライスになるけど、いい？」

「大丈夫なのです！」

二杯目に普通のハヤシライスをおかわりしたテトは、デザートまで平らげる。

エルネアさんたちも満腹そうにしながら、食後のお茶を楽しんでいる。

「ふぅ、非常に美味であった。妾は、このままここに居座りたい」

「エルネア様、ダメですよ。この後は、侵入者対策の話し合いがあるんですから……」

「ああっ、そんな殺生なぁ～」

ハヤシライスとデザートを食べて食休みをしていたエルネアさんは、アルティアさんに連れられ、ベレッタたちの案内で会議室に入っていく。

そこで、ベレッタたちによる熱心な質問や提案などで侵入者対策の技術や知識を根掘り葉掘り聞かれたエルネアさんは、疲れ切ってしまう。

「つ、次からは、妾は参加せぬぞ。他の者たちに任せるのじゃ！」

最初の話し合いを終えたエルネアさんは、そう決意するように呟く。

その後エルネアさんは、アルティアさんと共に【転移門】でエルタール森林国に帰っていく。

今日一日では、エルネアさんたちも【創造の魔女の森】を全て見て回ることはできなかった。

そのため、これからも何度も遊びに来て、侵入者対策の話し合いが行なわれるだろう。

次回も同じように作った料理を気に入ってくれたら、と思う。

でもその前に、次は私たちがエルフの大森林を見て回る番となる。

# 22話【幻獣の繁殖候補地と若き純真】

エルネアさんが【創造の魔女の森】に遊びに来た後――私とエルネアさんたちは互いの土地を幾度も行き来し合った。

その間にも、【転移門】を通って派遣されたエルフたちから大森林の侵入者対策を伝授してもらっている。

それを元にベレッタたちメイド隊が、【創造の魔女の森】の防衛を強化することができた。

そして今日――私とテトは、エルネアさんの案内で大森林のとあるエルフの集落を訪れようとしていた。

「チセよ、こっちじゃ」

エルタール森林国の首都に向かう道中、アルティアさんの案内で何日も掛けて大森林の中を進んだ。

だが、【精霊回廊】を通ることで移動時間が大幅に短縮され、エルフの集落までやってきた。

「エルネアさん。今日は、どこに連れて行ってくれるの？」

「今回も面白い場所に連れて行ってくれるのですか？」

「前に譲ってくれた世界樹の種があったであろう。今回は、あれの栽培を頼んだ集落への視察ついでに、チセたちを誘ったんじゃ。流石《さすが》に仕事の場までチセたちを連れて行けぬが、集落の中なら見回るはずじゃ」

そうして、【精霊回廊】を通り抜けて、とあるエルフの集落にやってきた。

「エルネア様、アルティア様。お待ちしておりました」

エルフの集落では、ファウザードの宿る精霊のランタンを持ったロロナさんと、集落の代表である老齢のエルフが迎えてくれた。

「うむ。以前に預けた世界樹の種の成育状況を確認しに来た」

エルネアさんが代表しながら、老齢のエルフの男性に世界樹の栽培状況について話し合っていく。

老齢のエルフは、エルネアさんに丁寧に現在の状況を説明していた。

その態度や視線で、ハイエルフのエルネアさんを尊敬や敬愛しているのだろうな、と予想できるが、問題がないわけではない。

「ところで、エルネア様。そこの人間は、何者なのですか？」

「この地より北に森を構える魔女のチセたちじゃ。行方不明だった火の上級精霊を見つけ出して大森林まで送り届け、其方らが育てる世界樹の種を譲ってくれた恩人である」

エルネアさんからの紹介に私が会釈を返し、テトも場の空気を読んで口を閉ざしている。

訝《いぶか》しむ目を向けてきた老齢のエルフにエルネアさんが説明すると、こちらを窺《うかが》うように頭を下げてくる。

「火の上級精霊様を送り届けて、世界樹の種を譲って下さったこと感謝しております。ですが、そのようなお方がなにゆえ、この集落に？」

「世界樹が育てば、その魔力を糧に成長した幻獣たちが番《つが》いを求めるであろう。チセたちの森にも幻獣たちが住んでおるから、いずれは幻獣たちのお見合いをしたいと思っておる」

そのために、観光ついでに顔合わせで連れてきた、とエルネアさんは言う。

「エルネアさん……それは、初耳なんだけど……」

私が、こっそりとエルネアさんに耳打ちして聞くと、エルネアさんは惚《とぼ》けたようなことを言ってくる。

「おおっ、チセに言うのを忘れておった。世界樹が育つのに時間が掛かるから、頃合いを見て相談しようと思っておったんじゃ」

「……はぁ、一応ベレッタに相談しておくわね」

軽くジト目でエルネアさんを見つめた私は、小さく溜息を吐く。

世界樹が魔力を十分に放出するまで成長するのに、数十年の時間が掛かる。

大分、先の話ではあるが、前もって知れて良かったと思う。

私とエルネアさんとの話し合いが一段落着いたのを見計らって、老齢のエルフはエルネアさんたちを案内する。

「それでは、そちらのお客人方は巫女のロロナにお願いします。エルネア様方は、あちらで世界樹の栽培状況をご説明いたします」

そう言った老齢のエルフは、世界樹の種を植えた場所を目指すように歩いて行く。

「それでは、また後でのう」

エルネアさんたちも世界樹の種の栽培状況を見るために、老齢のエルフの後を追っていく。

大事なお仕事に同行できない私とテトではあるが、ロロナさんに集落を案内してもらえる。

「チセ様、テト様。本日はよろしくお願いします」

エルネアさんたちが私たちから離れた後、ロロナさんが軽く頭を下げてくる。

「こちらこそ、よろしくね。それより、久しぶりね」

「お久しぶりなのです！　元気にしていたのですか？」

「はい、お久しぶりです。それで、チセ様とテト様は、どうしてこちらの集落に？」

ロロナさんが、私たちが来たことに疑問を抱いたのかそう尋ねてくる。

「エルネアさんが世界樹の栽培状況を見に行くから、それに便乗してエルフの集落を観に来たのよ」

とは言っても、この集落はそれほど大きな集落ではないようだ。

部外者が無駄に歩き回って不審に思われるのも本意ではないために、ロロナさんと共に見通しのいい広場でおしゃべりすることとなっている。

「エルネアさんたちが帰ってくるまで、のんびりと森林浴をさせてもらうわ」

私は、テトやロロナさんと一緒に、広場に置かれたベンチに座って頭上を見る。

このエルフの集落には、木造平屋のこぢんまりとした住居が並んで居る。

屋根には、木々から剥いだ樹皮を重ねている。

家々の軒先には、細長く切った樹皮や蔦《つた》を編み込んだバスケットやトレーなどの使い込まれた木工細工が置かれており、それらを見て楽しむ。

大森林の中でも森の木々を切り開いて作られた集落の中は、陽光が差し込み、森から流れてくるひんやりとした空気と合わさって心地良い場所である。

「確かに、森の空気が美味しいのです！」

テトも私の隣に座り、スーハーと森の空気を胸いっぱいに吸い込んでいる。

そんな私たちの様子にロロナさんが、クスクスと楽しげに笑った。

「気に入って下さって嬉しいです。私もよく、こうしていますから」

「ロロナさんは、この集落に住んでいるのよね。普段は、何をして過ごしているの？」

楽しみにしていたエルフの集落を見回れないのは残念である。

だが、そこに住むロロナさんからどのような生活を送っているのか尋ねると、ロロナさんは、困ったような仕草をする。

「えっと……私は、目が見えないので、他の人とは違うのですが、よろしいですか？」

閉じられた目のロロナさんに、私が、お願いと頼み込めば、分かりましたと頷いてくれる。

「私は、いつも精霊さんたちとお話しして過ごすんです」

「精霊とお話？　エルネアさんも森の外のことを精霊から聞き集めている、って言っていたわね」

「ふふっ、エルネア様ほど色々な話は集められませんが、明日の天気や今年の森の恵みの状況、近くに迫っている脅威なんかを教えてくれるんです」

そうした精霊から聞き及んだ話を、集落の人たちに伝えるのが巫女の役割なのだそうだ。

前世で言う天気予報士のような役割なのかもしれない。

「それに私がここに座っていれば、精霊さんの他にも、幻獣さんや集落の子どもたちが遊びに来てくれるんです」

ロロナさんは、自分の膝上にあたかも小型の幻獣が乗っているかのように、撫でる仕草をする。

今日は、私たち部外者が居るために、エルフの子どもたちも近づくのを躊躇《ためら》っているようだ。

先程から、そういった視線を感じる。

「晴れた日の夜には、村人たちが焚き火の周りで歌う歌や、楽器の演奏を聴くのも楽しみなんです」

「へぇ、どんな楽器なの？」

「竪琴や笛で演奏してるんです。それに時々、私も小さな太鼓で演奏に参加するんですよ」

今度は自分の目の前に小さな太鼓があるように、パタパタと手先を動かすロロナさん。

その話だけでロロナさんの楽しさが伝わってくる。

他にも家の中での過ごし方には、エルフたちが作ったボードゲームがあり、ロロナさんも他人の介助を受けながら参加するらしい。

そうしてロロナさんは集落での過ごし方を一通り語り終え、今度は私たちに尋ねてくる。

「チセ様たちは、どのように余暇をお過ごしなのですか？」

「そうね。私は、本を読んで過ごすことが多いかしら」

「本ですか⁉　私は、本が読めないんですけど、どのような本を読んでいらっしゃるのですか？」

本にとても興味津々なロロナさんに、私はマジックバッグから読みやすい物語が書かれた本を取り出す。

「これが昔話で、こっちが今流行の『勇士伝説』って冒険小説ね。折角だから、読みましょうか？」

「は、はい！」

「それじゃあ、行くわよ――」

食い気味に頷くロロナさんに私は、『勇士伝説』の読み聞かせを始める。

何度も読み込んだために、朗読には詰まることなくロロナさんも心地良さそうに耳を傾けてくれる。

そうした朗読の声がエルフの集落にも響き渡り、こちらを覗き込んでいたエルフの子どもたちも恐る恐るだが、こちらにやってきた。

「……みんなもくるのです。魔女様のお話を一緒に聞くのです」

私が息を吸い込み、朗読が途切れるタイミングでテトがエルフの子どもたちを手招きする。

集まったエルフの子たちは、私たちの前に座り込み、期待の籠もった目で話の続きを待っている。

私は、内心苦笑をしつつもロロナさんや子どもたちに楽しんでもらえるように、話の続きを読み聞かせた。

そして、『勇士伝説』の1巻が終わりに差し掛かり――

「『――こうして勇士たちは、仲間と共に強大な魔物を打ち倒して町に平和を取り戻す。だが、冒険者である勇士たちの旅はまだまだ続くのだった』――と」

私が物語を締め括ると、ロロナさんや集まってきた子どもたちからパチパチパチパチと拍手が送られてくる。

『勇士伝説』は、一冊が短い小説といえど朗読にはそれなりの長さであったが、子どもたちは最後まで集中力を途切れさせずに聞き入ってくれた。

「人間の姉ちゃん、面白かった！」「もっと読んで！」「勇士たち、格好いい！」「他のはないの？」

子どもたちが次々と感想を口にし、私に次の物語を催促してくる。

だが、時間切れである。

「チセよ。帰ってきたぞ」

エルネアさんたちも世界樹の栽培状況を確認し終えたようで、こちらに声を掛けてきた。

なので、私たちもエルネアさんたちと共に帰らなければならない。

「そういうことだから、ごめんね」

私が子どもたちに謝ると、えぇ〜、と不満げな声が上がる。

そんな子どもたちに代わり、同じように話に聞き入っていたロロナさんがお礼を言ってくれる。

「チセ様。とても素晴らしい物語、ありがとうございます」

「ロロナさんに楽しんでもらえてよかったわ。気に入ったのなら、何冊か本をあげるわ」

昔話や絵本、『勇士伝説』などの娯楽小説をロロナさんに渡すと、困惑したような表情を浮かべる。

「チセ様、ありがとうございます。でも、本は高いのではないですか？」

「最近は、植物紙が出回り始めて、安価になっているのよ」

植物紙は、羊皮紙に比べて安価で軽いために、昔に比べて本は格段に手に入り易くなっている。

「ですが、私では、読めないんですけど……」

本を受け取るのを躊躇うロロナさんに私は、とある提案をする。

「ファウザードが居るでしょ？　ファウザードは、ロロナさんたちからの手紙が読めたんだから、小説を読み聞かせることもできるでしょ？」

『むっ⁉　我がこの本を代わりに読むのか⁉』

突然、話を振られたランタンに宿るファウザードが声を上げる。

今まで黙って見守っていたが、ここで話を振られて困惑しているようだ。

『我は、精霊だぞ。本を人に読み聞かせるなど、経験がないわ』

「まぁ、上手い下手は、どうでもいいけど、ロロナさんや子どもたちが楽しみにしているんだからお願いできる？」

「ファウザード様、お願いできませんか？」

ロロナさんが胸の前で手を組むようにお願いすると、ランタンの中の炎が動揺するように揺れる。

『むぅ……わかった。だが、子どもたちの前でいきなり読み聞かせても上手くは行くまい。まずは、ロロナよ。我の練習台になれ』

「はい！」

パッと花が綻ぶように笑うロロナさんの表情に、可愛らしいな、と私とテトはほっこりしつつ、ファウザードは、困惑するようにランタンから唸り声を上げる。

そんな私たちの様子にエルネアさんは、微笑ましそうに笑った。

今日は簡単な顔見せではあったが、ロロナさんの住む集落とは、今後、幻獣の繁殖地として長い付き合いをしていくことになる。


その一方で、エルネアさんと共に世界樹の視察から戻ってきたアルティアさんは、真剣な表情で考え込んでいる。

「子どもたちの反応を見るに『勇士伝説』は、受けがよさそうですね。やっぱり、集落に派遣する行商人に、娯楽小説なども持たせるように勧めましょう」

小声で呟くアルティアさんは、各集落に送り込む娯楽について考えているようだ。

大森林内部の各地の集落は、娯楽が少ないと認識されているのだろう。

それを改善しつつ、アルティアさんの一押しの小説である『勇士伝説』シリーズを合法的に送り込んで、愛読者を増やそうと計画しているようだ。

それがまさか、あのようなことに繋がるとは、この時は思いもしなかった。

# 23話【冒険小説が与えた影響】

私とテトがロロナさんの住む集落を訪れてから、数年の時が流れた。

私たちが【創造の魔女の森】に帰ってきたことで、この地に住む住人たちやリーベル辺境伯家のセレネたち、ガルド獣人国の王家なども交流を求めてきた。

そのために、そうした人たちとの対応に追われ、時折エルネアさんとも交流を続ける中――気付けば、100歳を超えていた。

そんな日々を過ごしていると、ある日、エルネアさんとアルティアさんが沈痛な面持ちでやってきた。

「……チセよ。困ったことが起きた」

「どうしたの、エルネアさん？　何かあったの？」

「凄く、困った顔をしているのです！　美味しい物を食べて元気出すのです？　今日は、ドングリコーヒーとチーズケーキなのです！」

私がエルネアさんに事情を尋ねると同時に、テトがお茶とお菓子を差し出すので、エルネアさんたちも、お菓子を口にしてホッと一息吐くことができた。

「実は……大森林の外に行きたがる若者たちが一斉に現れたんじゃ」

「……うん？　それって、普通じゃないの？」

「普段は、数年の間に十数人程度。各集落で考えるなら一人か二人。じゃが今回は、十代のエルフの若者が一気に１００人以上！　これを異常事態と言わず、なんと言う！」

相当な異常事態に私も目を剥き、理由を尋ねる。

「何か心当たりはないの？」

「……これじゃ」

ガックリと項垂《うなだ》れるエルネアさんがテーブルの上に差し出してきた物は、私も見知った『勇士伝説』の本とクシャクシャにされた紙束である。

「魔女様が読んでた本なのです！」

「それとクシャクシャに潰されている紙の方は、ポスターに、どこかの画家の下書き、町の大衆紙ね」

「本の方は、若者たちの間で流行《はや》っている冒険小説。紙の方は、行商の積荷の緩衝材で使われていた紙じゃ」

『勇士伝説』を始めとした様々な娯楽小説を通して、エルフの若者世代に人間の文化への興味が生まれていた。

そこにエルフの商隊が積荷の緩衝材として使っていた紙に描かれた内容が、若者たちの人間の文化への興味を後押ししたようだ。

演劇のポスターは、目を引くような原色とデザインで印刷されており――

どこかの画家の下書きは、エルフの集落とは異なる石と煉瓦の街並みが描かれ――

知らない町の古い大衆紙は、一枚紙の片面にこれでもかと町で起きた出来事が面白おかしく詰め込まれた新聞のような物だ。

まるで江戸時代に、西洋への輸出で陶器の梱包に使われた浮世絵のように。

長閑《のどか》なエルフの集落から見たら、人間の文化はとても刺激的で魅力的に見えたのだろう。

ちなみに、【創造の魔女の森】でも、私が旅の中で持ち帰った本を読めるように図書館で貸し出しており、子どもたちの間でも特に『勇士伝説』は人気になっている。

中には、その作品の登場人物になりきって、木の棒片手にごっこ遊びに興じる子どもたちもおり、その姿を目にしたこともある。

また、リーベル辺境伯領やガルド獣人国のヴィルの町との交易でも『勇士伝説』の本を購入して、個人で所有する家庭もあった。

そうした冒険小説や人間文化に刺激を受けた子どもたちが、外の世界に興味を抱いたのだろう。

「なるほどね。アルティアさんの布教活動の結果かぁ」

「むぅ……チセの言うその言葉は、言い得て妙じゃな。そして現状は笑えぬ」

普段なら愉快だと笑うエルネアさんだが、当事者であるために不満げな顔をしている。

娯楽小説の普及を後押ししていた当人であるアルティアさんは、若干顔色を悪くしている。

「まさか、娯楽小説がこのような事態を引き起こすとは、思いも寄りませんでした」

申し訳ありません、とエルネアさんに頭を下げるが、何度も頭を下げられたのかうんざりとした顔をしている。

そして、現在の状況は、徒党を組んで森の中に拠点を作っている若者たちを大人たちが説得しようとしている。

だが、若者たちの反発も強く、勢いで大森林を飛び出す可能性があるそうだ。

ある程度のサバイバル技術などを持っているエルフの若者たちは、若者同士で集まって自前で拠点を作り上げて、そこで生活しているらしい。

そうしたグループが複数誕生し、数人から十数人で拠点を中心に活動しているそうだ。

「若者のプチ家出みたいなものね」

「なんだか、楽しそうなのです！」

話を聞いて呆れる私に対して、テトは面白そうだと目を輝かせている。

「この流れが長期化すれば、エルタール森林国は滅んでしまう！」

エルネアさんの言葉は、一概に考えすぎだとも言えない。

地元を捨てて都会に出て行く若者の流れによって集落が過疎化するのは、前世でも見られた現象だ。

また、この世界でも、それが原因で働き手が不足した村が消滅することもあるのだ。

かと言って、好き放題に旅をしている私としては、心情的に若者たちに肩入れしたくなる。

だが、拠点を作って仲間を集めるのは、やり方が悪いように思う。

「全く、誰なんじゃ！　安価な紙や本を出回るようにした者は！　今まで通りの本の値段ならば、買える人間も限られていたからここまで影響される者も少なかったじゃろうに！」

エルネアさんの言葉に私は、若干ドキッとする。

「あー、あれは……」

「なんじゃ？　チセは知っておるのか？」

「えっと、植物紙の製法は――『それは、魔女様が創った物なのです！』――」

視線を逸らした私がどうエルネアさんに切り出そうかと悩む間に、テトがズバッと言ってしまった。

テトは、私のことを自慢するような得意げな顔で語る一方、私の方は、顔を押さえて頭を抱える。

「ほぅ……つまり、間接的には、この問題にはチセが関わっている、ということじゃな」

一瞬、剣呑な視線を向けてくるエルネアさんに、私は本気で申し訳なく思う。

「植物紙の製法を伝えたのは私だから、できる限りのことは手伝うわ」

私がそう声を絞り出すとエルネアさんがニヤリと悪い笑みを浮かべた。

「おおっ、そうか！　じゃが、チセよ。あまり人の好いことを言っていると、悪い人間に食い物にされるから気をつけるんじゃぞ」

先程の剣呑な表情も嘘のようにカラカラと愉快そうに笑うエルネアさんに、アルティアさんが気の毒そうにこちらを見てくる。

その様子で私は気付いた。

「……もしかして、騙された？」

「魔女様、どうしたのですか？」

テトはキョトンとした表情で首を傾げているが、私は愕然としながら頭を抱える。

エルネアさんは、最初から私が製紙技術の提供者だと知っていたのだ。

そして、私の罪悪感を利用して、エルフの若者たちの問題解決を手伝う言質を引き出したのだ。

「私を手伝わせるために、一芝居打ったわね」

私がエルネアさんにジト目を向けると、エルネアさんは苦笑しながらも答えてくれる。

「問題が起きて人手が欲しいのは、本当じゃ」

「はぁ……それで私には、何を手伝って欲しいの？」

私は溜息を吐きながら、エルネアさんの求めることを聞く。

「チセには、ロロナがいる集落を含む複数の集落の若者たちが作った拠点を任せたい」

ロロナさんの集落は、幻獣の繁殖候補地であり、【創造の魔女の森】としても交流を続けている。

そこの若者たちにも多少は顔見知りがいるが――

「チセがロロナに娯楽小説を譲っておったじゃろう。何度も小さい頃から読み聞かせされてきた子どもたちが今の若者なんじゃよ」

それを聞いて、こちらも間接的ではあるが、私が原因となっていることを知る。

「まぁ、チセたちが蒔いた種じゃ。若者たちがこれ以上暴走しないように見守り、可能なら若者たちが自身の村に帰るようにも説得して欲しい」

若者たちの心に寄り添いながら説得するために、冒険者や大森林の外に出た経験のあるエルフたちを集めて説得しているが、人手が足りないらしい。

だから、旅慣れしている私たちに、関わりの深い若者グループを任せるのだろう。

「わかった。頑張ってみるわ」

「魔女様、一緒に頑張るのです！」

私は、エルネアさんからの依頼を引き受けるとエルネアさんも肩の荷が下りたような感じがしたのか、少しだけ相好を崩す。

「チセよ、感謝する。それにしてもなぜ若者たちは、人間の文化に熱中するんじゃろうな。いや、馬鹿にしているわけではないぞ」

エルネアさんは、人間の文化を見下しているのではなく純粋にそう思ったのだろう。

それに対して私は、ポツリと呟く。

「エルフの文化の良さに気付いていないからかしら」

「自分たちの住んでいるところを知ったら、もっと自分たちの居場所が好きになるのです！」

テトの言葉に私は、その通りだと頷き、エルネアさんも顎に手を当てて考え込む。

「人間の文化に憧れるより自分たちエルフの文化に誇りを持てれば、大森林に留まってくれるか」

そう呟くが、エルネアさんもアルティアさんも困惑したような顔をしている。

「妾たちの大森林には、本当に若者たちを引き留める良さがあるんじゃろうか？」

「そうですね。私たちには、何が良いのか、分かりませんね」

そう呟くエルネアさんとアルティアさんは、お茶のカップを手に取り、中に注がれたドングリコーヒーの水面を見つめていた。

地元の人にとっては見慣れたドングリコーヒーも――

ロロナさんの住む集落にあった樹皮を使った木工細工も――

エルネアさんが身に着けている藍色のドレスに使われている魔蚕《まかいこ》の絹やその生地の染色技術も――

他では中々見ない代物だ。

余所者《よそもの》の私にとっては素敵な物が沢山あるのに、当のエルネアさんたちが気付いていない。

それをおかしく思うと共に、そうした良さに気付けないから地域資源の発掘は難しいのかもしれないとも思った。

だが、直近の問題は、大森林の若者たちである。

私は、彼らをどうやって説得するか考えるのだった。

# 24話【大人も昔は、子どもだった】

エルネアさんとアルティアさんが大森林が誇れる物について悩みながら帰った後、私とテトは、エルフの若者たちを見守るという依頼の準備を整える。

そして、準備を済ませた私たちが大森林の宮殿に繋がる【転移門】を潜り抜けると、宮殿側の【転移門】ではアルティアさんが待っていた。

「チセ様、テト様。お待ちしておりました。エルネア様の居場所まで案内します」

アルティアさんの後に続き宮殿の庭園の方に出れば、既に何人かのエルフの人たちが集まっていた。

どうやら、エルフの若者たちが居る拠点に説得に向かう人たちなのだろう。

元冒険者や商人らしき格好のエルフの人たちが居り、みな粛々とエルネアさんの開いた【精霊回廊】に入っていく。

「流石《さすが》エルネア様の【精霊回廊】。いつ見ても素晴らしいですね」

「アルティアさん？　エルネアさんの【精霊回廊】って特別なの？」

アルティアさんの呟きが気になって私が尋ねると、アルティアさんは頷く。

「本来は精霊の通り道である【精霊回廊】を任意の場所に複数同時に繋ぎ、神出鬼没な遊撃部隊を送り出す。大森林を守り続けたエルネア様の精霊魔法です」

予測は可能だが、回避は不可能なエルネアさんの土地の防衛戦術らしい。

過去に何度も大森林が攻め入られた時、精霊たちがエルネアさんの目や耳の代わりとなって敵を捕捉してきた。

そうして居場所を把握した敵の大軍に対して、【精霊回廊】を通じてエルフの精鋭部隊を送り込んで不意打ちしたり、敵を【精霊回廊】で別の場所に分断して各個撃破してきたそうだ。

「へぇ、凄いのです」

テトは素直に感心しているが、私としては敵に回したくないと思ってしまう。

そんなエルネアさんの【精霊回廊】に感心していると、私たちの順番が回ってきた。

「おお、チセよ！　来てくれたのじゃな。早速、ロロナたちの集落近くまで【精霊回廊】を繋ぐ。説得を頼むぞ！」

「ええ、分かったわ」

「行ってくるのです！」

私とテトが、エルネアさんの【精霊回廊】に足を踏み入れ、道なりに進むと、目の前が開けて森の中に出る。

「この近くに、若者たちが築いた拠点があるのよね」

「魔女様、あっちから人の気配がするのです！」

私が森の中を見回していると、テトが人の居る方向を見つけて、そちらに近寄る。

しばらくして大樹に作られたツリーハウスが二、三軒並び、木の柵で囲われた場所が目に入る。

「まるで、秘密基地みたいね」

「すっごく楽しそうなのです！」

私とテトが物珍しそうに、ツリーハウスを見上げる。

どうやら、森の中での作業小屋の一種のようだ。

ツリーハウスの周りが整備されて開けており、地面に少し血の跡が残っている。

ここは、普段から森で狩猟した獲物を解体したり、人が休憩もしくは宿泊できるように準備された場所なのかもしれない。

そんなツリーハウスを囲う柵の周りからは、エルフの大人たちがツリーハウスに向かって声を掛けていた。

『お前たち、人間の町に行くって馬鹿なこと言ってないで村に帰って来い！』

『人間の町は、危ねぇって聞く。そんなところに行くなんて、目覚ませ！』

『アホな本に毒されおって！　お前のような半端な未熟者が冒険者になるなんて言う前に、狩りで一匹でも多く獲物を仕留めてから言え！』

『母ちゃんや弟たちが寂しがってるぞ！　家に帰って来い！』

ロロナさんの集落を含む複数の集落からエルフの大人たちが集まり、この拠点に居る若者たちを説得しに来たのだろう。

だが、ツリーハウスの上から顔を覗かせたエルフの若者たちは、それに対して反抗する。

『うるせぇ！　俺は絶対に人間の町に行くからな！』

『危ないなんて、何百年も前の話だろ！　それに職人目指すなら、こんな人も少ないエルフの村じゃなくて、大勢の人間を相手にできる人間の町に行くんだ！』

『俺の実力なら、十分冒険者としてやっていける！　俺は、色んな場所を見て回る冒険をするんだ！』

『母さんや弟たちが寂しがるって、ただ世話を押しつけたいだけでしょ！　私だって自分の時間が欲しいのよ！　こんな村、嫌！　出て行く！』

若者たちからそんな感情的な主張が返ってくる。

何度か、大人と若者たちが互いに言い合いを繰り返すが、結局平行線のまま大人たちは今日の所は諦めて帰っていく。

その中で、ロロナさんの集落の大人たちがこちらに気付き、声を掛けてくれる。

「魔女さんじゃないか？　どうしたんだね」

「私たちは、エルネアさんの依頼で、若者たちの説得に来たのよ」

私たちが来たことを説明すると、エルフの大人たちは納得しつつも、困ったように頭の後ろを掻く。

「みっともないところを見せちまったな。エルネア様のお手を煩わせる前に、殴って引き摺ってでも連れて帰ったのに」

そうぼやく頑固そうなエルフの大人に私は、それは悪手だと伝える。

「若い子たちを無理に押さえ付けても、勢いで森の外に飛び出しかねないからね。こっちで少しずつ説得して、無事にみんなの集落に送り届けるわ」

私がそう説明すると、エルフの大人たちは深く頭を下げてくれる。

「うちの子たちをよろしくお願いします」

私たちのやり取りを見ていた他の集落の大人たちも、同じように頭を下げてくる。

私は、そのお礼に応えると共に、エルフの若者たちがいるツリーハウスに目を向ける。

「それにしてもよく若い子たちが寝泊まりできるツリーハウスが森の中にあったわね」

「作るの大変そうなのです！」

若者たちが拠点にするのに都合が良いツリーハウスが建っていることに疑問を持っていると、大人たちが笑い声を上げる。

「あははは っ、実は、あそこは俺たちが若い頃に同じように溜まり場にしてたんだ」

「今は、狩りの時の休憩場所の一つとして手入れを続けていたんだけど、子どもたちに奪われちまって……」

たははっ、と自分の昔を恥ずかしがるように大人たちは苦笑を浮かべている。

きっと、このエルフの大人たちにも若者たちと同じ年頃には、似たような経験があったのだろう。

ただ、今回は、若者たちが大森林の外に出る、という共通の目的を持っているのが問題なのだ。

# 25話【大森林の秘密基地】

若者たちを説得しに来ていたエルフの大人たちを見送った私とテトは、どうやって説得しようか、と考えながらツリーハウスに近づいていく。

「止まれ！　それ以上近づくな！」

木の上から気付いたエルフの若者たちが現れ、警告の声と共に弓矢や精霊魔法でこちらを狙ってくる。

現れたエルフの若者たちは皆、中学生くらいの思春期の少年少女といった感じがする。

エルフは幼少期を人間と同じように成長し、ある一定の年齢に達するとそこから老化が停滞する。

なので、ここに集まったエルフの若者たちは、見た目通りの年齢なのだろう。

「魔女様を狙うなんて、許せないのです！」

テトは、そんなエルフの若者たちを制圧しようと魔力を放出するが、それを私が手で止める。

「テト、落ち着いて。無理矢理はダメよ。ここは私に任せて」

「むぅ、わかったのです」

テトが渋々引き下がってくれる代わりに、私が若者たちの前に一歩踏み出す。

それだけでエルフの若者たちからの警戒心が上がったが、代わりにロロナさんの集落出身の若者がこちらに気付く。

「……魔女のチィ姉ちゃんたち？」

「なんだ、知ってる奴か？　でも、エルフじゃないし、俺たちの集まりに加わろうとするやつじゃないだろ」

戸惑う若者たちに私は、話し掛ける。

「こちらに攻撃の意思はないわ。話に来ただけよ。そちらも攻撃の手を下ろして！」

「信じられるか！　お前らも村に連れ戻すために親父たちに頼まれたんだろう！」

そんな若者の声が響く中で私は、自身のマジックバッグから、とある物を取り出して掲げる。

「それなら、あなたたちは攻撃を放てば良い！　ただし、あなたたちの攻撃は全てこの本で受け止めるわ！」

「なっ⁉　そ、その本は――『勇士伝説』の10巻⁉」

驚愕するエルフの若者たちの間で動揺が走る。

そう、私が掲げたのは、つい最近発売されたばかりの『勇士伝説』シリーズの最新巻である。

人間の国よりも人口が少ないエルフの大森林は、娯楽小説の市場規模が小さい。

販売の優先度が低く、最新巻が時間差で届いている状況のため、今の彼らの手元にあるのは、一つ前の９巻までなのである。

「さぁ、どうする？　私たちを排除するために本に攻撃する⁉　それとも、攻撃の手を下ろす？」

「ぐぬぬぬぬっ……」

外への憧れを持つエルフの若者たちにとっては、バイブルとも呼ぶべき人気娯楽小説――その最新巻が目の前にある状況に、悔しさを滲ませている。

そして――

「あーっ！　分かったよ！　全員、攻撃の手を下ろせ！　それと中に入れさせてやれ！」

纏め役らしきエルフの少年が指示すると、若者たちは攻撃の手を下ろす。

特に、こちらを知っているロロナさんの集落出身の若者たちは、安堵するような表情を浮かべ、ツリーハウスの近くまで招いてくれる。

木の柵の内側に招かれた私とテトは、複数のツリーハウスの中央に空いた広場に案内される。

「それで、改めて何の用だ？　って言うか、そもそもあんたら何者だ？　あんたら二人は、人間だよな。なんで大森林にいるんだよ」

面識のないエルフの若者たちが、私とテトを不審そうに見詰めてくる。

そんな彼らに、私が答える。

「エルネアさんから依頼された冒険者よ。あなたたちが無茶しないか見守るために来たのよ」

「冒険者⁉　すげぇ……」

「馬鹿！　呑気なこと言ってるな！　エルネア様の頼みって、大事だろ！」

「チィ姉ちゃんたち、冒険者だったの⁉」

私たちが冒険者だと知ると、エルフの若者の一人が目を輝かせてくるが、それを別の若者が叱りつける。

また、私のことをチィ姉ちゃんと呼ぶ子たちも驚いている。

冒険者の存在やエルネアさんの名前が出たことで、エルフの若者たちの間に動揺が走るが、纏め役の少年は、不満げな表情でこちらを睨み付けてくる。

「それで、俺たちを村に帰らせろって言われたのか？」

「可能な限りにね。でも、無理に帰らせても余計に無茶しそうだから、あなたたちが飽きるまで見守る方が優先ね」

「好きなだけ、楽しんで良いのです！」

私たちがそんなことをあっけらかんと言うので、纏め役の少年がぽかんと口を開けて放心する。

そして、言葉の意味を理解した瞬間に、一気に顔を紅潮させて憤慨する。

「飽きるわけ、ないだろ！」

そう言って、纏め役の少年は自身の弓を持って、ずんずんとツリーハウスのある広場から出て行ってしまう。

「どこに行くのですか？」

「狩りに行くんだよ！　付いて来るなよ！」

テトが纏め役の少年に声を掛けると、そう吐き捨ててこの場を離れていく。

そして、纏め役の少年が離れたことで緊張から解放された他のエルフの若者たちがこちらに声を掛けてくる。

「さっき持っていた『勇士伝説』の10巻、見せてもらえませんか！」

ここにはまだ届いていない最新巻の内容が気になるのか、好奇心を抑えられないエルフの若者たちが集まってくる。

私は、そんな彼らに苦笑しながら本を差し出す。

「ええ、本を貸すのはいいけど、綺麗に読んでね」

「ありがとうございます！」

「俺にも読ませろよ！」

お礼を言いながら本を受け取った若者たちは、その場で本を開き、別の若者たちが左右から覗き込む。

本のページを捲《めく》る度に、読むのが速い、俺はまだ読み終えてない、ページを戻せ、早く次を見せろ、などと口々に好き勝手なことを言いながら一冊の本を読み進めている。

そんな若者たちから離れて見守っていると、エルフの少女が呆れながら話し掛けてきた。

「ごめんなさいね。仲間たちが無理に言って」

「いいえ、気にしないで。それより、あなたたちは、大森林の外に行きたいのよね。それは、なぜ？」

「お家から飛び出して、ここに集まっているのは、どうしてなのですか？」

私とテトがそう尋ねると、エルフの少女は、狩りに出て行った纏め役の若者が去った方向と本に熱中する三人組を見て、悩むように視線を彷徨《さまよ》わせてから答えてくれる。

「あー、まぁ、外に行きたい理由は、それぞれなのよね」

このツリーハウスに集まったエルフの若者たちは、大森林の外に出ることを共通の目標に、それぞれが異なる理由を持っているようだ。

「纏め役を含む三人が冒険者希望。そこで本を読んでる真ん中の子が、好きな本を発売日と同時に読むために人間の町で暮らしたくて。もう一人は、人間の文化に興味があるんだって」

そう言って、他の若者たちの理由を教えてくれる中で、私は目の前の少女に理由を尋ねる。

「あなたは？」

「うーん。私は、ただ家族から離れたかっただけかな。うちには、小さな弟と妹が居て私はいつもその子たちの面倒を見てるの。だから、一人の時間が欲しかったからかな」

エルフの少女は、苦笑しつつも私たちに語ってくれた。

「今度は、あなたたちのことを聞かせてよ！」

そう言ってエルフの少女は、今度は私たちのことを聞いてくる。

冒険者の生の話を聞けると、本に夢中だった若者たちも顔を上げてこちらに興味を向けてくる。

そうして、私とテトは、これまでの冒険や旅のことなどを語って聞かせた。

良いことも、悪いことも、嬉しいことも、悲しいことも。

そうして、日が落ちてくれば、狩りに出ていた纏め役を含む他の若者たちが集まり、焚き火を囲んで食事の準備を始める。

纏め役の若者は、こちらを敵視しているのか睨み付けてくる。

私たちは、若者の集団から少し距離を取るが、エルフの若者たちの雰囲気は悪くはない。

一緒に食事を作って食べ、焚き火を囲んで互いの夢を語り合う。

夜には、ツリーハウスやテントを広げて、そこで眠りに就くのを見守る。

まるで、若者たちのサマーキャンプのような過ごし方を、微笑ましく感じる。

「さて、私たちもそろそろ眠りましょう」

「はいなのです！」

私は、森の中の空間の一角を借りて、家馬車を取り出して森の中で寝床を確保する。

それから数日間――私たちは、エルフの若者たちの様子を見守り続けるのだった。

# 26話【若者たちの夢の終わり】

## SIDE：エルフの若者たち

森の中に作られたツリーハウスを占拠したエルフの若者たちは、そこで過ごしていた。

昼間は、各自で仕事を分担して森の中で狩猟や採取をしながら、日々の食料や人間の町で換金できる物を集めて資金を稼ごうとする。

そうして夜になれば、焚き火の周りで夢を語り合ったり、精霊が灯してくれた明かりを頼りに互いが持ち込んだ娯楽小説や人間の文化を感じさせる物を見て楽しんでいる。

今は、チセが貸してくれた『勇士伝説』の最新巻をみんなで回し読みしている。

纏め役の少年がチセたちを毛嫌いする一方、他のエルフの若者たちはそうではない。

纏め役の少年がいない時は、チセたちと和やかに会話し、ツリーハウスに持ち込まれた演劇のポスターや大衆紙を見せびらかすのだ。

そうした集団生活を楽しんでいる若者たちが居る一方、纏め役の少年は、日に日に苛立ちを募らせていた。

「おい！　これっぽっちしか食料や換金できる物を集められなかったのか⁉　こんなんじゃ、いつまで経っても人間の町には行けないぞ！」

チセとテトが離れている間、一日の成果を報告し合うエルフの若者たちだが、思うように旅支度は進んでいなかった。

それに対して、他の若者たちの反応はやや冷めた感じであった。

「実は、狩猟で使う矢がもう尽きそうなんだよね。まぁ、今日食う分だけなら、十分じゃない？」

「そもそも必要以上に獲っても腐らせるだけじゃん。旅に持ち込むためには、燻製とか干し肉にしなきゃダメだろ。今だって獲物の牙は放置で、毛皮は鞣《なめ》せないから捨ててるし」

「僕もそろそろ家に帰りたくなってきた。今考えると、人間の文化に興味があるけど、別に家族と人間の文化のどっちかしか選べないわけじゃないし……」

「そろそろ次の行商人が来るんじゃない。新作の本を持ってきてるかもしれないし、商品の包みに使っている紙を貰いに行きたいんだよね」

「……私も家に帰りたいなぁ。お父さんやお母さん、弟や妹たちはどうしているのかな？」

そう口々に言葉を口にするエルフの若者たちは、終わりを感じさせる寂寥感を漂わせていた。

「お前たち……なんでそんなこと言うんだよ！　アイツか！　エルネア様から説得するように言われた冒険者たちに何か吹き込まれたのか⁉」

「違うよ！　チィ姉ちゃんたちは、私たちに本には書かれていないことを教えてくれただけだよ！」

冒険者のチセたちが語り聞かせる話においては、冒険者や人間の町は綺麗事だけではないこともあったが、こちらを誘導しようという思惑は感じなかった。

ただ純粋に、ありのままのことを全部伝えようとしていたのだ。

勢いから村を飛び出したエルフの若者たちは、村から離れた興奮や同年代の者たちとの集団生活の楽しさにより、現実から目を逸らしていた。

だが、数日が経って段々と落ち着きを取り戻したエルフの若者たちは、今一度自分自身のことを振り返ることができた。

――現実として、このまま人間の町に行くことはできるのか。

――人間の町に行くのは、今である必要があるのか。

――大人になって外に出る職業を選んだり、お金を貯めて人間の町に行く方法だって取れるはずだ。

――自分がどれだけ村や家族、大森林の恩恵に与っていたのか、守られていたのか。

そうしたことを自分でも考えるようになり、そして決定的な一言が彼らの口から零れる。

「ねぇ、村に帰ろうよ。帰ってお父さんやお母さんたちに謝ろう」

弟や妹がいると言っていたエルフの少女からの言葉に、纏め役の少年は、酷く傷付いたような顔をしている。

「――っ⁉　一緒に森の外に出るって約束しただろ！　諦めるのかよ！　裏切り者！」

纏め役の少年の慟哭に他の若者たちは、気まずそうに顔を逸らしている。

「チッ！　もうお前らなんて知らねぇ！　俺一人でも森を出てやる！」

「あっ、待って！」

仲間のエルフの若者たちが纏め役の少年に手を伸ばすが、それを振り切って森の中へと駆けていく。

「くそくそくそっ！」

地面を蹴って飛び上がり、森の木々の枝に着地した纏め役の少年は、次々と木の枝に飛び移りながら移動していく。

「あいつらがその気なら、俺一人だって森の外に出てやる！」

薄暗く感じさせる夕暮れ時の森の中で纏め役の少年が目指す先は、大人たちから入ることを禁じられている魔物の生息地だ。

大森林の地下を通る地脈――その噴出地点からは高濃度の魔力が噴出し、その魔力が集まって魔物が自然発生したり、その魔力を浴び続けた物が魔物に変異するような場所だ。

そんな魔物の生息地で魔物を倒して、換金部位の魔石を手に入れるのだ。

今まで纏め役の少年が狩りで倒してきた小物の魔物とは訳が違う。

より大きく、純度の高い魔石を手に入れて、それを森の外で売り払えば当面の生活費になる。

森の外に出るまでは、今まで学んできた狩猟技術やサバイバル技術、精霊魔法があれば、生きていける。

「むしろ、あいつらの分の旅費が貯まるまで待つ必要なんてなかったんだ！　最初からこうしていれば良かった！」

自分に言い聞かせるように、自身が契約した風精霊の力を借りて、木から木へと飛び移りながら進んだ纏め役の少年は、ついに魔物の生息地に辿り着く。

「主人公のディーンだって魔物に挑んで勝ったんだ！　冒険者になる俺だって、できる！」

『勇士伝説』の物語では、主人公のディーンは幾度も魔物たちと戦って勝ってきた。

そんな物語の主人公と自分を重ねる纏め役の少年は、木の上から見つけた魔物に弓を引く。

「――行けっ！」

エルフの少年は、自身が契約した風精霊の力を矢に乗せて放つ。

『ギャンッ――！』

「よし！」

放たれた矢が獣型の魔物に突き刺さり、短い悲鳴を上げて地面に倒れる。

風精霊によって後押しされた矢が魔物に深々と突き刺さり、その命を奪ったのだ。

その手応えに小さくガッツポーズを取った纏め役の少年は、木の上から飛び降り、倒した魔物に近づく。

「ははっ、なんだ……簡単じゃないか！」

後は、魔物の体から魔石を抜き取るだけ、と腰に吊した解体用のナイフを引き抜き、魔石を取り出そうとする。

次の瞬間——地面から現れた太い植物の根が纏め役の少年の足と魔物の死体に巻き付き、地面を引き摺っていく。

「なっ!? なんだ、これは！」

『キシシシシッ——』

森の中を引き摺られた纏め役の少年と魔物の死体は、とある樹木の根元まで運ばれる。

倒れた少年が見上げるのは、面貌の浮かんだ樹木の魔物——トレントだった。

「っ!? トレントに捕まったのか、クソ！」

引き摺られている間に、手に持っていた解体用のナイフを取り落とし、背中に担いだ矢筒から矢が零れ落ちていた。

「放せ、薪にするぞ！」

纏め役の少年は、引き摺られながらもトレントに手を翳《かざ》し、精霊魔法を放つ。

風精霊に魔力を捧げて放たれる風刃は、トレントの樹皮を傷つけるだけで致命傷には至っていない。

「うわぁぁぁぁぁぁっ！」

徐々に足に巻き付く木の根で手繰り寄せられる纏め役の少年は、恐怖から自身の魔力を更に精霊に捧げる。

纏め役の少年を中心に旋風が起こり、その周囲に無数の風刃が乱舞して少年の足に絡み付く木の根や引き摺ってきた魔物の死体、トレントの樹体を傷つける。

『キシャァァァァァッ――』

下級とは言え精霊によって引き起こされた現象だ。

人間の魔法使いが同じような現象を引き起こすには、Cランク冒険者以上の実力が必要になるだろう。

無数の風刃がトレントの魔石に近い場所に集中的に当たり、樹木の繊維を断ち切り、中にある魔石に傷を付けたのだ。

それにより、断末魔の叫びを上げたトレントは、切り口から出血するように魔力を吹き出しながら急速にその存在感を弱めていく。

「はぁはぁはぁ……終わった。勝った、勝ったぞ！　あははははっ、ははっ……」

無我夢中でトレントを打ち倒した纏め役の少年は、歓喜の声を上げて高笑いする。

だが、周囲に目を向ければそれが乾いた笑いに変わる。

『『『キシシシシッ――』』』

エルフの少年が倒したトレント以外にも、３体のトレントが現れたのだ。

最早、精霊魔法に使う魔力もなく、纏め役の少年が助けを求めるように辺りを見回しても何もなく、諦めが心の内に広がる。

（ああ、そうだ。主人公のディーンは、勇敢だけど一人じゃなかった。彼を助けてくれる仲間たちが居て、魔物たちに打ち勝ってきた。その点、今の俺は――独りぼっちだ）

それに気付いた纏め役の少年にトレントたちは、槍のように尖った木の根を向け、突き刺そうとする。

その瞬間に、彼の中でこれまでの人生が走馬灯のように流れていく。

大森林の外に出て冒険者になるなんて、所詮は馬鹿な夢だった。

夢破れたことに気付き、最後に思い浮かべたのは、実に下らないことだった。

「――『勇士伝説』の最新巻、読んでおけば良かった」

纏め役の少年だけは、変に意地を張ってチセが貸し出してくれた本を読まなかった。

他の若者たちが回し読みするのを横目に、人間の町に行ったら自力で手に入れるんだ、という思いを抱いていた。

だけど、ここで死ぬなら読んでおけば良かった、と後悔が過《よぎ》る。

そして、トレントの木の根が突き刺さる直前――

「――《マルチバリア》！」

トレントの鋭い木の根が見えない壁に阻まれるように弾かれて、直後に纏め役の少年の目の前に冒険者のチセとテトが降りてきたのだった。

# 27話【若者たちの空回りからの陳腐な大団円】

「ふぅ、エルネアさんの手紙を読んでて気付くのが遅れたけど、ギリギリ間に合った」

樹木の魔物であるトレントに囲まれた纏め役の少年を結界魔法で守ることができ、安堵の吐息を漏らす。

エルネアさんの闇精霊が届けてくれた手紙を確認するために少し目を離した隙に、纏め役の少年が勝手に魔物の群生地に入って行ったのだ。

私とテトが気付いた時は、かなり肝が冷えた。

幸い、大森林に住まう精霊たちが少年の居場所を教えてくれたために、追いつくことができた。

「テト、トレントをお願い！」

「任せるのです！」

黒い魔剣に魔力を通しながら引き抜いたテトは、目にも留まらぬ速さで太いトレントの幹を両断する。

斬られた衝撃で両断されたトレントの幹の上部が僅かに宙に浮かび、両断面から魔力を噴出しながら絶命していく。

「おっと、落ちてこないように支えないと。――《サイコキネシス》！」

浮き上がったトレントの幹を念動力の魔法で支えた私は、マジックバッグに誘導しながら回収する。

そして、勝手に魔物の群生地に入り込んだ纏め役の少年に目を向ける。

「さて、あなた大丈夫？」

「あ、ああ……」

意気消沈しているのか、小さく頷く少年は、足に絡まったトレントの木の根を解きながらのろのろと立ち上がろうとする。

だが、魔物に殺されかけた直後であるために、膝が震えており足下が覚束ない。

「無理に立たなくて良いわ」

「……わかった」

私の言葉に纏め役の少年は、素直に頷き、そのまましゃがみ込む。

その間にテトは、トレントに引き摺られた少年が取り落としたナイフや弓矢などを回収して戻ってくる。

「これ、落とし物なのです！」

「ありがとう……ございます」

「私たちからのお説教はないわ。代わりに、親からたっぷり叱ってもらいなさい」

「……はい」

まるで憑《つ》き物が落ちたような纏め役の少年は、ただただ頷くだけであった。

だが、しゃがんだ姿勢からこちらを見上げて、何かを言いたそうに口を何度も開く。

私とテトは、急《せ》かさずに言おうとする言葉を待っていると、ポツリと口から出てくる。

「その……助けてくれて、ありがとうございます」

「どういたしまして。それじゃあ、もう暗いし、みんなのところに帰るわよ。――《テレポート》！」

私は、テトと纏め役の少年と共に、ツリーハウスの近くに置いた家馬車まで転移する。

【精霊札】を持つために精霊たちに妨害されることなく、一瞬の浮遊感と共に転移魔法で家馬車の傍まで戻ってくる。

「おい！　みんな！　チィ姉ちゃんたちが戻ってきたぞ！」

ツリーハウスの拠点で纏め役の少年の帰りを待っていたエルフの若者たちがこちらに気付き、ぞろぞろと集まってくる。

皆、勝手に飛び出した纏め役の少年を心配しており、口々に声を掛けてくる。

そんな彼らにも纏め役の少年は、話したいことがあるようだ。

「……さっきは悪かった。みんなを無理に森の外に連れ出そうとして。俺も森の外に出て、冒険者になるのは諦めるよ」

そんな告白に、他のエルフの若者たちは悲しそうな目で彼を見ている。

だが私は、そんな彼らに声を掛ける。

「その夢、諦めるにはまだ早いんじゃないかしら？」

私は、寝床として使っていた家馬車をマジックバッグに片付けていると、魔力の揺らぎを感じて振り返る。

私たちの視線の先には、エルネアさんの【精霊回廊】が開いたのだ。

「さぁ、エルネアさんが呼んでるわよ」

大森林に君臨するハイエルフの女王のエルネアさんに呼ばれた、と言われて、若者たちは萎縮している。

「大丈夫なのです！　悪いことにはならないのです！」

テトが安心させるように声を掛け、【精霊回廊】に入るように若者たちを誘導し、私たちはその中を進んで行く。

【精霊回廊】を通り抜けると、エルネアさんの宮殿に出た。

既に他の精霊回廊からは、大人のエルフたちに連れられて彼らと同じ年頃のエルフの若者たちが続々と現れ始める。

きっと、同時多発的に発生した、人間の町を目指したエルフの若者たちなのだろう。

程なくして１００人を超えるエルフの若者たちが【精霊回廊】を通って集められ、互いに不安そうに辺りを見回しながら待っていると、エルネアさんがアルティアさんを連れて現れる。

「皆の者、静粛に！　エルネア様からのお言葉です！」

アルティアさんの言葉でエルフの若者たちのざわめきが止まり、エルネアさんがジッと、いつもよりも鋭い目で若者たちを一瞥する。

「大森林の外を目指すために若者同士が徒党を組み、森の一角を占拠し、多くの者たちに心配を掛けた。それは分かっておるな」

厳しい口調のエルネアさんの言葉に、エルフの若者たちは俯き縮こまっている。

だが、エルネアさんの口から零れたのは、若者たちを叱りつける言葉ではなかった。

「このエルタール森林国は、限られた者たちしか外界と交流がない。それは、外界からの侵略で同胞のエルフたちを守るための措置じゃ。だが、それも昔のこと……」

一度、言葉を句切ったエルネアさんは、しっかりと若者たちを見つめている。

「若い世代のそなたらは、人間の文化に興味を抱いている。だが、今の国の制度では若者たちが気軽に大森林の外に出ることは難しい。そこで、妾たちも大森林の長老たちと話し合った！　そなたらが大森林の外に出られるようにどうするべきかを！」

決定的な宣言をするためにエルネアさんは、大きく息を吸い込む。

そして――

「――エルタール森林国は、外界との交流拡大のために商隊の規模拡大を検討している！　それに伴う商隊員と護衛を増員するための試験制度を予定している！」

その宣言にエルフの若者たちの間で、再びざわめきが起こる。

だが、エルネアさんの言葉は、まだ続く。

「人間社会で生きていくために必要な知識や技能、戦闘能力などを満たした者たちは、大森林の商隊員として人間の町々を巡りながら実地で勉強してもらう！　そして、一定の年数を商隊員として勤め上げた後は、自由に大森林の内外を行き来できる免許を交付する予定だ！」

『『うぉぉぉぉぉぉっ――――！』』

エルネアさんの宣言に、若者たちが興奮する。

無茶をしなければ大森林の外に出ることが叶わなかった若者たちだが、エルタール森林国が外に行くための制度を作り上げてくれるのだ。

一定年数を商隊員として勤め上げた後は、独立して冒険者や何らかの職人として人間の町に行くことができるのだ。

また、大森林の外に出たら二度と帰ることができない、と思っていた者たちにとっては、故郷を捨てずに、夢も追えるようになったのだ。

「詳しい制度に関しては、現在調整中じゃ。結果が決まり次第、追って各集落に公布する！　それまで期待して待っているといい！」

そう言って、エルネアさんが宣言し、グループ毎に分かれていた若者たちの背後では【精霊回廊】

の揺らぎが再び発生する。

その【精霊回廊】を通り抜ければ、きっとそれぞれが住まう集落に辿り着くのだろう。

エルネアさんの宣言で興奮する若者たちが次々と【精霊回廊】に入っていく中、私が連れてきた若者たちがこちらを窺《うかが》うように見ていた。

「……その、あんたたちは、このことを知っていたのか？」

「私たちも、ついさっき伝えられたばかりなのよ」

纏め役の少年を助ける前に、エルネアさんの闇精霊から手紙が届いたのだ。

エルネアさんたちは、大森林の長老衆たちと共に若者たちが大森林の外に行ける道筋を模索していたそうだ。

長老衆たちとの妥協点の模索は大変だったようだが、なんとか制度の雛形を作り出すことができた、と手紙には書かれていた。

そのことを話すと、自分勝手な行動を恥じた若者たちが俯きながらも一言。

「その……色々とごめんなさい。それと、ありがとう。俺、頑張ってみる」

「どういたしまして。それと、安心するのはまだ早いわよ」

「試験に受からないと商隊の人にはなれないのです！」

テトの言うとおり、エルネアさんの用意した試験に受からなければ商隊員にはなれないのだ。

きっと制度開始直後は、求められる水準よりもかなり厳しく選定されるだろう。

また、ここにいるエルフの若者たち以外にも大森林の外に行きたいと望む者がいるかもしれない。

そうなれば、大勢のエルフたちが商隊員の座を狙って鎬《しのぎ》を削ることになる。

そのことに気付いた若者たちは、真剣な顔をして力強く頷く。

「わかった。まだ何をやればいいか分からないけど、俺たち、頑張るよ！」

そう言ったエルフの若者たちは、いい表情で【精霊回廊】を通って帰っていく。

そんな若者たちの背に、頑張れと小さくエールを送る。

だが、エルフの若者たちを待ち構えているのは、心配していた親たちからの説教だろうな、とも想像して小さく吹き出す。

こうして、大森林で起きたエルフの若者たちによる騒動は、幕を閉じたのだった。

# 28話【喜劇的な結末の裏側で】

若者たちによる騒動が幕を閉じた後、私たちは、エルネアさんの宮殿の一室に集まっていた。

ソファーに並んで座る私とテトの正面では、エルネアさんも疲れたのかソファーに横になって脱力している。

「あー、疲れた」

「エルネアさん、お疲れ様」

「大丈夫なのですか？」

エルフの若者たちの前では立派な姿を見せていたエルネアさんは今、大分お疲れのようだ。

私とテトがエルネアさんに声を掛けるが、平気そうにヒラヒラと手を振ってくる。

「平気である。長老たちとの話し合いや人前に出て疲れただけじゃ」

「エルネア様、それだけではありませんよね。【精霊回廊】を沢山開いたことで魔力も消耗しているはずですよ」

アルティアさんは、心配そうな顔をしながら魔力回復効果のあるハーブティーを用意している。

魔力回復のマナポーションほど即時性のある物ではなく、継続的に魔力の自然回復量を上げてくれるエルフたちの伝統的な飲み物らしい。

「あははは、魔力枯渇の感覚など久しく忘れておったわ」

乾いた笑みではあるが愉快そうに笑い、気怠そうに上体を起こしたエルネアさんは、アルティアさんの淹《い》れてくれた魔力回復のハーブティーを口にして一息吐く。

「さて、チセたちもこちらの騒動に巻き込んですまなかったな」

「今回は、私の行動が間接的な原因だったから手を貸したけど、次からは余所《よそ》の土地のことには首を突っ込む気はないからね」

「でも、他の子たちと一緒に森の中で過ごしたのは、面白かったのです！」

私がエルネアさんに釘を刺す一方、テトはエルフの若者たちとツリーハウスの拠点で過ごす様子を観察したり、語らい合ったりしたのは面白い経験だったと楽しそうに話している。

そんな私たちの話に、エルネアさんは眩しそうに目を細めて呟く。

「友と一緒に過ごし、語らう時間かぁ。不老の身としては、若者たちが少し羨ましいのう」

かつては、エルネアさんにも友が居たのかもしれない。

だが、みんなが不老のハイエルフであるエルネアさんを置いて先に逝ってしまう。

そして、エルフの女王という立場によって対等な友人など長らく現れなかったエルネアさんの呟きに、私はキョトンとしてしまう。

「……うん？　何言っているの？　今もこうして話し合っているでしょう？」

「魔女様とエルネアさんは、お友達なのです！　それにテトも大爺様もそうなのです！」

私も面と向かって言うのは恥ずかしいが、私もテトも、そしてエルネアさんを認めた古竜の大爺様もエルネアさんのことを大切な友人だと思っているはずだ。

それを指摘されたエルネアさんは、一瞬驚いたような表情を浮かべて言葉を口にする。

「……チセよ。では、もっと友人らしく関わってもよいか！　具体的には、毎日遊びに行くくらいには！」

「それはダメよ。友人でも適度な距離感は保たないと」

「即答されてしもうたか！」

いきなり距離を縮めようとするエルネアさんを私が即座に拒否すると、天井を仰いで爆笑している。

「エルネア様、当たり前ですよ。チセ様たちの迷惑になります」

そんなエルネアさんを、アルティアさんは少し可哀想な子を見るような目で見ていた。

「魔女様を取っちゃダメなのです！　それにこれからも魔女様と旅に出るから会えない時があるのです！」

私とテトは、これからも気ままな旅を続けていく。

そういう時は、エルネアさんとも頻繁には会えないだろう。

だから――

「まぁ、時々だけど、手紙で連絡を取り合ったり、旅から帰ってきたらお土産でも持って遊びに行ったりするわよ」

「そしたら、いっぱい楽しいお話をするのです！」

「うむ。妾の方もチセの所に遊びに行く！　そして、何か困ったことがあれば、妾を頼るがいい！　友のために力は惜しまぬぞ！」

そう胸を張って、エルネアさんも私のことを友と言ってくれた。

まだまだ１００歳程度の不老の魔女ではあるが、今回の旅で同じ時を過ごせる友をまた一人得ることができた。

これから何十年、何百年と時が経って周囲が少しずつ変わっていっても、エルネアさんという対等な友人がいることは互いの支えになるはずだ。

その時に、互いに共有した思い出や昔話で盛り上がれれば良いだろうなと、未来に向けて夢想するのだった。

# 番外編【陳腐な大団円の遥か先】

旅行に行く当日――【創造の魔女の森】からエルタール森林国の宮殿にある【転移門】に移動した。

普段は日帰りや一泊するような短期の訪問をしていたが、今回はエルフの国を楽しむために一週間滞在する予定だ。

テトと一緒に観光を楽しもうと考えていたところ、【転移門】の前で、数百年来の友人であるハイエルフの女王のエルネアさんが待ち構えていた。

「チセとテトよ！　待っておったぞ！」

「エルネアさん、招待してくれてありがとう」

「ありがとうなのです！」

私とテトがエルネアさんにお礼を口にすると、エルネアさんは気にするなと、ヒラヒラと手を振る。

「よいよい！　最近は、妾がチセの所に遊びに行くばかりで、こうして招待でもしないと、すぐに別の場所に行ってしまうから呼ぶ機会もない」

そう言って、不満げに唇を尖らせるエルネアさんに、それはちょっと悪いことをしたと思う。

エルネアさんの方が気軽に【創造の魔女の森】に遊びに来ており、私が不在の時には、古竜の大爺様のところに行ったりしているのだ。

なので、こちらから会いに行く機会は多くないのだ。

「さて、観光初日は、妾の宮殿で寛《くつろ》ぐかのう？」

「ここで時間を潰すのも良いけど、エルフの町に遊びに行きたいのです！」

「テトは、お菓子が食べられる喫茶店に行きたいのです！」

「チセが前に来た時からまた変わっておるからのう。案内しよう」

そうして私たちは、エルネアさんの案内で宮殿を出て、町に下りる。

世界樹を中心に広がるエルタール森林国の首都だが、国の中枢や主要施設が集まる中央やその外側に広がるエルフたちの居住区は、昔とあまり変わらない街並みをしている。

だが、その外側が拡張され、観光地区が存在している。

観光地区まで進めば、オシャレな街並みとエルフ以外の種族の者たちが目に付く。

「エルタール森林国を開国して早数百年。まさか、ここまで景色が変わるとは思わなかった」

大森林の外縁部付近でこぢんまりとやっていた交易も規模を拡大し、大森林の中心に至る道を整備して、外部からの人を招きやすくしているのだ。

大森林のエルフたちが独自に築き上げた芸術や伝統、歴史などは、多くの者たちに魅力的に映り、こうして観光地として人々を持て成している。

「この喫茶店じゃ！　昔、訪れた店の系列でな。今も色々と試行錯誤しておる！」

私とテトが、エルネアさんの案内でとある喫茶店に入ると、今でも偶《たま》にエルネアさんからお裾分けしてもらうドングリコーヒーがメニューに並んでいた。

「私は、アップルパウンドケーキにするけど、テトは何を食べる？」

「テトは、魔女様と同じやつと――大森林のナッツタルトと季節のベリーケーキにするのです！」

幾つものお菓子を選ぶテトに私が苦笑していると、注文したお菓子が届く。

「魔女様、すっごい美味しそうなのです！」

「ええ、そうね。こっちのアップルパウンドケーキも美味しいわね」

お店で出されるお菓子も、大昔は同族に出すための素朴なものだった。

今では、観光客に出すために、見た目や味も洗練されて更に美味しくなっている。

「魔女様。このナッツタルトをお裾分けなのです！」

「ありがとう、テト。あーん……んっ!?」

テトから分けてもらったナッツタルトを一口食べたが、こちらも大昔に食べた物から大分改良が加えられている。

「美味しい……それに前とはナッツの種類が変わったのかしら？」

「それは、世界樹の種の中身も加わっておるからじゃ」

クルミのような殻に包まれている世界樹の種を割り、そこから可食部を取り出して複数の木の実と交ぜて使っているらしい。

テトのナッツタルトだけではなく、私のアップルパウンドケーキにも粉状にした世界樹の種の中身が生地に混ぜ込まれているために香ばしさが加わっている。

「チセたちが、世界樹の種を分けてくれたお陰で作れるようになった物ともいえるのう」

「私もエルネアさんも世界樹を増やしてきたからね。貴重だけど、珍しい物ではなくなったのよね」

大昔は、極めて貴重だった世界樹も数を増やし、今ではその実は、多少は希少な食材に変わった。

それをこうしてお菓子として食べられる贅沢を楽しめるのが、今のエルタール森林国だと思いながら、ドングリコーヒーを飲んで落ち着く。

そして、お菓子で満足した私は、ふとエルネアさんに尋ねたいことがあったのを思い出す。

「そう言えば、エルネアさん？　私の忘れ物が見つかった、って手紙には書いてあったけど心当たりがないのよね。何を忘れたのかしら？」

私が手紙の内容について尋ねると、エルネアさんが説明してくれる。

「実は、とある集落の古い家屋を解体した際に、チセの魔力を感じる物が出てきたんじゃ」

そう言ってエルネアさんは、精霊の影に仕舞っていた本を取り出して見せてくる。

「ほれ、チセよ。これに見覚えはないかのう？」

「あっ、魔女様の魔力を感じるのです」

「……それは、『勇士伝説』の10巻」

テトの言うとおり、エルネアさんが取り出した本――『勇士伝説』の10巻は、数百年前に、エルフの若者たちに貸した本だった。

この本には、破損や劣化がないように【状態保存】の魔法を掛けてあったために、今なお綺麗に残っている。

「懐かしいわね」

私は、受け取った本の表紙を撫でながら、そう呟く。

当時は沢山作られた安価な薄い娯楽小説の一冊であったが、今では複数巻の内容を装丁し直された物が立派な古典文学扱いされ、内容が簡略化された物は子ども向けの絵本になっている。

「これが当時のエルフの若者たちを熱狂させたのよねぇ」

「クククッ、今でもその当時のことを思い出す」

エルネアさんは、愉快そうに笑って昔を懐かしむような目をする。

「既に彼らは亡くなっているが、あの騒動に加わった彼らやその後に大森林の外を目指す若者たちが居たから、大森林を開こうという動きが生まれたのじゃ」

エルフの寿命は約３００年と言われている。

あの当時の騒動を引き起こした若者たちは、既に亡くなっているのだ。

もしも、あの頃のエルフの若者たちが人間の文化に興味を示さず、騒動を起こさなければ、大森林は昔と変わらないままで続いていたかもしれない。

私には、どちらが良いとは言えない。

そうして喫茶店で昔を思い出していた私たちは、お会計を済ませて店を出る。

「さて、腹ごなしついでに、町を見回るとするかのう」

そう言って、エルフの町を歩き始めるエルネアさんの後を追いかけながら街並みを観光する。

エルネアさんと話してつい懐かしくなった私は、当時のエルフの若者たちの痕跡がないか町中を探すが、数百年の時の流れが覆い隠して見つけられなかった。

でも、この地では、エルフの若者たちによる陳腐な大団円が確かにあった。

その結果、彼らが情熱をもって踏み出した一歩が、今のエルフの国の形を作っている。

そのことを、私もテトも、そしてエルネアさんも、生きている限り、忘れないだろう。

# あとがき

初めましての方、お久しぶりの方、こんにちは。アロハ座長です。

この本を手に取って頂いた方、担当編集のIさん、作品に素敵なイラストを用意してくださった、てつぶた様、また出版以前からネット上で私の作品を読んで下さった方々に、心より感謝申し上げます。

現在、ガンガンONLINEにて春原シン様によるコミカライズが連載されております。

可愛らしいチセとテトのやり取りが楽しめるコミック版も、ぜひ読んで頂けたらと思います。

8巻の世界樹を擁するエルフの森は、楽しんで頂けたでしょうか。

元々はWeb版から書籍化する際に、構成上でカットしたエルフの森を改めて再構成し直した物となりました。

今巻の執筆で一番苦労したことは、ハイエルフの女王・エルネアの口調についてです。

2000年を生きるエルネアの口調は当初、『妾』＋『のじゃ』や『なのじゃ』で書いておりましたが、のじゃロリな雰囲気が出てキャラ像が定まらずに悩みました。

妙齢な美人なのに、ヒョッコリとロリキャラのイメージが出てくるのです。

だから、色んな作品のキャラのセリフとかを見て、良さそうなのはないかと探したりもしました。

ただ、てつぶた様の描いて下さったエルネアのキャラデザを見て、ピタッとキャラクター像が定まったのです。

それからエルネアのセリフなどを修正し、イメージ通りに、格好良くて愉快なキャラクターになってくれたと思います。

不老の主人公が登場するこの作品でハイエルフのエルネアには、これからも古竜の大爺様と共に、チセたちの先達として活躍して頂けたらと思います。

これからも私、アロハ座長をよろしくお願いします。

最後に、この本を手に取って頂いた読者の皆様に改めて感謝を申し上げます。

GC NOVELS

# 魔力チートな魔女になりました a Witch with Magical Cheat 創造魔法で気ままな異世界生活 8

2023年7月8日初版発行

著者 アロハ座長

イラスト てつぶた

発行人 子安喜美子

編集 伊藤正和

装丁 森昌史

印刷所 株式会社平河工業社

発行 株式会社マイクロマガジン社
〒104-0041 東京都中央区新富1-3-7 ヨドコウビル
［販売部］TEL 03-3206-1641／FAX 03-3551-1208
［編集部］TEL 03-3551-9563／FAX 03-3551-9565
https://micromagazine.co.jp/

ISBN978-4-86716-440-2 C0093
©2023 Aloha Zachou ©MICRO MAGAZINE 2023 Printed in Japan

本書は小説投稿サイト「小説家になろう」(https://syosetu.com/)に掲載されていたものを、
加筆の上書籍化したものです。

定価はカバーに表示してあります。
乱丁、落丁本の場合は送料弊社負担にてお取り替えいたしますので、販売営業部宛にお送りください。
本書の無断複製は、著作権法上の例外を除き、禁じられています。
この物語はフィクションであり、実在の人物、団体、地名などとは一切関係ありません。

**ファンレター、作品のご感想をお待ちしています！**

宛先 〒104-0041 東京都中央区新富1-3-7 ヨドコウビル
株式会社マイクロマガジン社 GCノベルズ編集部「アロハ座長先生」係「てつぶた先生」係

**右の二次元コードまたはURL(https://micromagazine.co.jp/me/)を
ご利用の上、本書に関するアンケートにご協力ください。**

■スマートフォンにも対応しています(一部対応していない機種もあります)。
■サイトへのアクセス、登録・メール送信の際にかかる通信費はご負担ください。

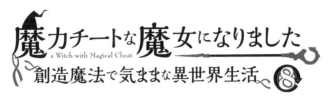

broccoli lion
著：ブロッコリーライオン
イラスト：sime
GC NOVELS
聖者無双
サラリーマン、異世界で生き残るために歩む道
目隠し戦闘訓練!?
ルシエル、ドM街道爆進中！
ノベルズ①～⑩巻好評発売中！
詳しくは➡ https://gcnovels.jp/

GC NOVELS 話題のウェブ小説、続々刊行!